काशी की
गोलकधंधारी

काशी की गोलकधंधारी

एवं अन्य जासूसी कहानियाँ

गोपाल राम गहमरी

प्रस्तुति

संजय कृष्ण

नमस्कार बुक्स

प्रकाशक : **नमस्कार बुक्स**
भवन संख्या 2/42 (दूसरी मंजिल), अंसारी रोड, दरियागंज, नई दिल्ली-110002
 / संस्करण : 2025 / मूल्य : दो सौ पचास रुपए
मुद्रक : आर-टेक ऑफसेट प्रिंटर्स, दिल्ली ISBN 978-93-94871-07-6

KASHI KI GOLAKDHANDHARI
by Shri Gopalram Gahmari ₹ 250.00
Published by **NAMASKAR BOOKS**
Building No. 2/42 (Second Floor), Ansari Road, Daryaganj, New Delhi-2

गोपालराम गहमरी

[घटना प्रधान उपन्यासों का जो क्षेत्र देवकीनंदनजी खत्री ने हिंदी साहित्य में तैयार किया, उस क्षेत्र में आनेवाले दूसरे सफल उपन्यासकार गोपालरामजी गहमरी हैं। पाठकों की अभिरुचि का ज्ञान देवकीनंदनजी की रचनाओं की लोकप्रियता से स्पष्ट हो गया था। हिंदी के पाठक आँखें पसारे घटनाप्रधान, मनोरंजक उपन्यास साहित्य के लिए उतावले हुए बैठे थे। 'चंद्रकांता' को कई-कई बार पढ़कर अब वह नई पुस्तकें प्राप्त करने की आशा में थे। तिलस्म और अय्यारी के अतिरिक्त कुछ नवीनता भी पाठक चाहते थे। ठीक इसी समय गहमरीजी अपने जासूसी उपन्यास लेकर हिंदी पाठकों के सम्मुख आए। हिंदी के पाठकों ने आपका हाथोंहाथ स्वागत किया और लेखक को भरसक उत्साह प्रदान किया। लेखक ने बड़े परिश्रम और उत्साह से काम लेकर मौलिक तथा अनुवादों से पाठकों का मनोरंजन करने में कोई कसर उठा नहीं रखी।]

जासूसी उपन्यास पूर्ण रूप से अंग्रेजी साहित्य की देन हैं। देश की अराजकता को समाप्त करने में स्काटलैंड यार्ड के जासूसी विभाग ने जो चमत्कारपूर्ण कार्य किया, उसका वर्णन इंग्लैंड के उपन्यासकारों ने चार-चाँद लगाकर किया और इस प्रकार एक ऐसे जासूसी साहित्य का निर्माण हुआ, जिसमें घटना प्रधानता के साथ-साथ केवल कोरी चमत्कार-वृत्ति की ही प्रधानता नहीं रही, वरन् कुछ वास्तविक तथ्य भी सामने आए।

उसका मानव जीवन से बहुत कुछ संबंध ठहरा। जासूसी विभाग की निर्भयता और बुद्धि चातुरी का ही इस साहित्य में विशेष रूप से दिग्दर्शन मिलता है। इंग्लैंड की जनता हत्यारों और डाकुओं से परेशान थी, इसलिए वहाँ इस साहित्य का विशेष सम्मान हुआ और पाठकों के लिए यह अधिकाधिक हृदयग्राही बनता चला गया। इसी प्रकार के उपन्यास हिंदी में श्री गहमरीजी ने लिखे और उनमें निर्भीक जासूसी विभाग के कार्यकर्ताओं की मुक्त कंठ से रोचकता के साथ उन्होंने प्रशंसा की।

अराजकता इस समय भारत में भी कम नहीं थी। जनता ने व्यवस्था की भावना में जब मनोरंजन की सामग्री प्राप्त की, तो उन्होंने अपना ध्यान विशेष रूप से उपन्यास साहित्य की ओर लगा लिया। 'फिलिप प्रोपेनहम', 'शरलॉक होम्स', 'एडगर बैलेस' आदि उपन्यासकारों ने जासूसी विषयों पर जैसी मनोरंजक रचनाएँ की थीं, गहमरीजी ने भी उसी प्रणाली को अपनाया और हिंदी के उपन्यास भंडार को भरना प्रारंभ कर दिया। जिस प्रकार अंग्रेजी में 'ब्लेक सीरीज', 'सिक्स पेंस सीरीज' और 'फोर पेंस सीरिज' इत्यादि प्रकाशित हुईं, उसी प्रकार हिंदी में भी रचनाएँ प्रकाशित की जाने लगीं और उनका पाठकों ने बहुत अच्छा स्वागत किया। ए.एच. व्हीलर के बुक-स्टॉलों पर उनकी अच्छी माँग हुई और रेल के यात्रियों ने यात्रा-समय को सफल बनाने के लिए उन पुस्तकों का सुंदर उपयोग किया।

गहमरीजी ने 'जासूस' नाम का एक मासिक पत्र निकाला, जिसमें उनके धारावाहिक उपन्यास प्रकाशित हुए। हिंदी पाठकों में इस पत्र ने पर्याप्त ख्याति प्राप्त की और यह पत्र आज तक भी सफलतापूर्वक चलता चला जा रहा है। जैसा इस पत्र का नाम है, इसमें वैसी ही जासूसी विषय की सामग्री रहती है और वह भी विशेष रूप से घटना प्रधानता को लिये हुए। चरित्र-चित्रण की ओर इन उपन्यासों में ध्यान नहीं दिया गया। इस पत्र से उपन्यास पठन-पाठन को प्रोत्साहन अवश्य मिला है और यही एक बहुत महत्त्वपूर्ण बात है, क्योंकि उपन्यासों की माँग ने ही पाठकों में उच्चकोटि के उपन्यास पढ़ने की जिज्ञासा

उत्पन्न की और लेखकों में विश्व-साहित्य पर दृष्टि डालने की उमंग पैदा हुई। लेखकों ने उपन्यास के व्यापक क्षेत्र का विश्लेषण प्रारंभ किया और नवीनतम दृष्टिकोणों को प्रकट करने के योग्य अपनी भाषा और अपने विचारों को बनाया।

जिस घटनाप्रधान उपन्यास क्षेत्र का निर्माण हिंदी जगत् में देवकीनंदनजी खत्री ने किया था, उसमें सुंदर जासूसी उपन्यासों की रचना करके गोपालरामजी गहमरी ने उपन्यास साहित्य को एक विशेष आकर्षक और क्रांतिकारी विचारधारा तथा साहित्य की देन प्रदान की। एय्यारी उपन्यासों के अंतर्गत घटनाओं के जमघट में मार्ग-प्रदर्शन-कार्य नायक को करना होता था। कोई क्रमबद्धता उन घटनाओं में स्वतंत्र रूप से नहीं मिलती। घटनाएँ स्वतंत्र रूप से बिखरी हुई रहती हैं और उनका पारस्परिक संबंध स्थापित करने का कोई स्वतंत्र माध्यम नहीं होता। केवल नायक के ही संपर्क में आकर उन घटनाओं का कुछ ढाँचा तैयार होता है और यदि वह नायक एक क्षण के लिए भी पाठक की दृष्टि से ओझल हो जाए तो कथा एक भानुमती का पिटारा बनकर पाठक को बोझिल सी प्रतीत होने लगती है। इस प्रकार के उपन्यासों में नायक का पल्ला पकड़कर ही पाठक एक गहन वन की यात्रा करता है; परंतु जासूसी उपन्यासों में परिस्थिति इसके बिल्कुल ही विपरीत है। जासूसी उपन्यासों की घटनाएँ क्रमबद्ध होती हैं। इनकी घटनाओं का पूर्वा पर संबंध रहता है और बिना किसी क्रम के कोई घटना आगे नहीं बढ़ती। घटनाएँ सर्वदा कार्य-कारण रूप में गुँथकर प्रगति करती हैं, केवल कल्पना के आधार पर नहीं। इन उपन्यासों में मानव की भावनाओं को जाग्रत् करने की अधिक शक्ति वर्तमान रहती है और निराशा, शोक, ताप इत्यादि भावनाएँ घटनाओं के क्रम में आकर स्वयं उद्दीप्त हो उठती हैं। जिस प्रकार 'चंद्रकांता' को पढ़ने से केवल कपोल-कल्पित कल्पना के अतिरिक्त पाठक के और कुछ हाथ नहीं लगता, उस प्रकार का अभाव हमें जासूसी उपन्यासों के पढ़ने के पश्चात् नहीं होता। इन उपन्यासों में कोरी हवाई घोड़ों की ही उड़ान नहीं है, वरन् देश और काल की आवश्यकता की छाया भी सजीव रूप से मिलती है। यह उपन्यास

एक प्रकार से अव्यवस्था के प्रति विद्रोह हैं और आतंक के विपरीत साहस की कसौटी।

अय्यारी के उपन्यासों का क्षेत्र अपरिमित होता है और उनका कार्यकलाप भी प्रतिबंधविहीन होता है। उनका क्षेत्र इतना व्यापक है कि जहाँ पर भी कल्पना की उड़ान जा सकती है, वहीं पर अय्यारी प्रधान उपन्यास का नायक पहुँच सकता है, परंतु जासूसी उपन्यास का क्षेत्र सीमित है। जासूसी उपन्यासों में भावुकता की अपेक्षा बुद्धि का व्यापक प्रभाव दिखाई देता है और यह उपन्यास तिलस्मी उपन्यासों की अपेक्षा मानवीय के कार्यकलापों के अधिक निकट है। मानव की शक्तियाँ सीमित हैं, परिमित हैं। इसलिए इन उपन्यासों का क्षेत्र भी सीमित और परमित हो जाता है, जिनमें मानवी भावना और बुद्धिगम्य पात्रों का चित्रण किया गया है। जासूसी उपन्यासों के विषय शेखचिल्ली की कहानियाँ अथवा 'अलादीन के चिराग' की गाथाएँ नहीं बन सकतीं। बुद्धि और विज्ञान के नवीनतम आविष्कारों का प्रयोग मात्र ही एक जासूसी उपन्यासकार कर सकता है। एक डाकू को बंदी बनाने के लिए एक जासूस रेल, तार, फोन, मोटर, हवाई जहाज इत्यादि का ही आश्रय लेकर सफल हो सकता है, जादू की बाँसुरी बजाकर अथवा मुख में सर्वसिद्धि फल दबाकर नहीं। 'ओपिन सीसेम' कहने मात्र से उसके सम्मुख बड़े-बड़े खजानों के द्वार नहीं खुल सकते! 'सेना' शब्द मात्र उच्चारण करने से उसके सम्मुख उसकी सहायता के लिए 'सेना' नहीं आ सकती! इस प्रकार हमने देखा कि जासूसी उपन्यास एक विशेष प्रगति के मार्ग से होकर मानव के अधिक निकट आ गए और इसीलिए उनका सम्मान भी पाठकों ने विशेष साहस के साथ किया। देवकीनंदन खत्री और गोपालरामजी गहमरी के उपन्यासों की तुलना करने में भी हमें उक्त विचारवाले को पूर्ण रूप से ध्यान में रखना चाहिए।

गहमरीजी के उपन्यासों की विशेषता

'श्री गहमरीजी' ने अपने उपन्यासों में अधिक पात्रों का जमाव न रखकर कुछ चुने हुए पात्रों को ही लिया है। आधुनिक समाज का भी चित्र उनके

उपन्यासों में मिलता है और चरित्र-चित्रण को भी एकदम भुलाकर विशेषतया चित्रण वास्तव में चरित्र-चित्रण के लिए नहीं होता, यह तो होता है घटनाओं को बल देने के लिए और घटनाओं के महत्त्व को कम न होने देने के लिए। लेखक का विशेष बल घटना पर ही रहता है। गोपालरामजी 'गहमरी' के प्रायः सभी पात्र निर्भीक, साहसी, चतुर और कुटिल होते हैं। चोर-डाकुओं को तो चतुर रखना ही होता है और जासूसों को उनसे भी अधिक चतुर बनाए बिना लेखक का काम नहीं चल सकता। लेखक ने मानव के बल, चातुरी और बुद्धिमत्ता को पूर्ण रूप से निभाया है; मानव में दानवी अथवा दैवी शक्तियों की झाँकी देखने का प्रयत्न नहीं किया। देवकीनंदनजी खत्री के उपन्यासों की अपेक्षा यह उपन्यास हमारे अधिक निकट हैं और हमारे जीवन के साथ विशेष रूप से संबंधित हैं। लेखक का प्रधान ध्येय घटना वैचित्र्य होते हुए भी उनकी रचनाओं में अनेक स्थलों पर मानव की स्वाभाविक वृत्तियों का स्वाभाविक स्पष्टीकरण हो जाता है। तनिक सी सूचनाओं पर बड़े-बड़े रहस्यों का किस प्रकार उद्घाटन हो जाता है, इसका व्यापक विवेचन हमें गहमरीजी के उपन्यासों में मिलता है। चोरी, खून, डकैती इत्यादि के रहस्यों की जासूस लोग किस प्रकार खोज करते हैं और किस प्रकार साधारण बातों से असाधारण रहस्यों को मालूम कर लेते हैं, बस यही इन उपन्यासों के प्रधान विषय हैं। इस प्रकार के विषयों पर व्यापक और विस्तृत प्रकाश डालने में गहमरीजी पूर्ण रूप से सफल हुए हैं और लोकहित की भावना को लेते हुए आपका साहित्य केवल मनोरंजन की ही सामग्री बनकर नहीं रह गया है। उसकी उपयोगिता भी है। इस प्रकार हम उपन्यास क्षेत्र में गहमरीजी को निश्चित रूप से देवकीनंदन खत्रीजी से एक पग आगे बढ़ा हुआ पाते हैं।

भाषा और शैली

गोपालरामजी गहमरी के उपन्यासों की भाषा उनके विषय के सर्वथा अनुकूल है। उनकी भाषा में वक्रता रहती है और चटपटेपन का प्रभाव नहीं पाया जाता। कहीं-कहीं पर पूर्वी शब्दों का प्रयोग रहता है, परंतु शैली में वह

खटकनेवाला प्रयोग नहीं है और मुहावरों की तो आपकी शैली में ऐसी भरमार रहती है कि कहीं-कहीं पर उसमें बड़ी भारी बनावट खटकनेवाली सी प्रतीत होने लगती है। आपकी लेखन-शैली मनोरंजक है और विशेष रूप से जिस विषय को आप पकड़ते हैं, उसका संचालन बहुत ही बुद्धिमत्ता से करते हैं। घटनाओं का तारतम्य इतना सुंदर रहता है कि कहीं पर भी लड़ी टूटने की संभावना नहीं रहती। आपने अनेक उपन्यास लिखे हैं। किसी विशेष उपन्यास का विशेष महत्त्व नहीं है, इसलिए सभी उपन्यास मनोरंजन की दृष्टि से एक ही से महत्त्वपूर्ण हैं। पाठक इनके जिस उपन्यास को भी उठाकर पढ़ेगा, उसके पढ़ने में उसे बराबर ही आनंद लाभ होगा और मनोरंजन की पर्याप्त सामग्री भी मिलेगी। आपका लिखने का ढंग सब लेखकों से पृथक् है और आपकी भाषा तथा शैली पर आपकी छाप रहती है।

इस प्रकार, हिंदी साहित्य में जासूसी उपन्यासों के प्रवर्तक के रूप में हम गोपालरामजी गहमरी को मानते हैं और जिस दृष्टिकोण को लेकर आप उपन्यास साहित्य में आए, उस दृष्टिकोण को आपने सफलतापूर्वक निभाया है। पाठकों में उपन्यास पढ़ने की रुचि पैदा करनेवाले लेखकों में आपका स्थान बहुत ऊँचा है। यह ठीक है कि आपने 'चंद्रकांता संतति' जैसी कोई विख्यात रचना हिंदी साहित्य को प्रदान नहीं की, परंतु आपका संपूर्ण साहित्य हिंदी साहित्य के एक बड़े भारी अभाव की पूर्ति है और निश्चित रूप से हिंदी उपन्यास-साहित्य में दूसरा कदम हम इसे निस्संकोच भाव से कह सकते हैं। गोपालरामजी गहमरी उपन्यास साहित्य को कल्पना की उड़ानों से हटाकर वास्तविकता के क्षेत्र में ले आए।

—यज्ञदत्त शर्मा

एम.ए., साहित्यरत्न

हिंदी के उपन्यासकार

प्रकाशक—भारती भाषा भवन, दिल्ली, अक्तूबर 1951

अनुक्रम

पहला भेद

यों तो मामला मुकदमों में मयंक मनोहर को कभी-कभी काशी, प्रयाग, कानपुर, मेरठ मुरादाबाद सब जगह जाने का काम पड़ा ही करता था, लेकिन महीने-दो महीने की छुट्टी लेकर काशी का भीतरी हाल जानने और देवताओं के दर्शन करने की मन में बड़ी अभिलाषा थी। सो बहुत कुछ देवी-देव पूजने मनाने पर इस साल दशहरा और दुर्गा पूजा की छुट्टी में कामना पूरी हो गई। हावड़ा से टिकट लेकर पश्चिम को चले। बाँकीपुर पहुँचने पर गया की लाइन से आया हुआ एक आदमी उनकी गाड़ी में आ बैठा।

वह आदमी बुद्ध गया का मशहूर मंदिर देखकर काशी जाने के लिए गाड़ी में सवार हुआ। दोनों की आपस में बात होने पर गहरी मिताई हो गई। मयंक मनोहर के साथ और भी कई आदमी थे। वह सब इस नए आदमी को देखकर बहुत अचकचाए। पहले उन्होंने उनका पहिनाव पोशाक देखकर समझा कि कोई विलायती साहब हैं, लेकिन जब मयंक मनोहर ने उनसे अंग्रेजी में बात करके उनको नाम-गाम बतलाया, तब सबकी अचकचाहट जाती रही।

गया से लौटे हुए नए साथी से मयंक मनोहर और उसके साथियों को बहुत सुभीता हुआ। साहबी पहनाव पोशाक देखकर रेल के सब अधिकारी उनसे डरते और हर बात में उनका आदर करते थे।

इस छुट्टी पर लोगों की आवाजाही के दिनों में जो लोग रेल पर चढ़कर गए होंगे, उनसे यह कहना नहीं पड़ेगा कि इस भीड़भाड में तीसरे और बीच के दरजे वाले मुसाफिरों को कितना दुःख सहना पड़ता है और भले

आदमियों पर कितनी आफत आती है। जिन लोगों ने भेड़-बकरी की तरह गाड़ियों में आठ और दस की जगह अठारह और बीस-बीस—आदमियों को एक-एक कंपार्टमेंट में इंटरमीडियट और तीसरे दर्ज के यात्रियों को ठूँसते देखा है, उनको मालूम है कि मेले और मुसाफिरों की ठेलमठेल में कैसे एक-एक बेंच पर आठ-आठ, दस-दस आदमी अंटे रहते हैं और उन पर एक पर एक गिरते और बेंचों के बीच में कैसे लोग दिन भर खड़े चले जाते हैं और हर कंपार्टमेंट में आठ आदमी चढ़ेगा, हर बेंच पर पाँच आदमी बैठेगा, इन लिखे हुए हुक्म और कायदों का मान कहाँ तक किया जाता है, यह तो वे खूब जानते हैं।

यह सब दुःख केवल हिंदुस्तानी (देसी) ही अभागों को झेलने पड़ते हैं। भारत के ऐसा भेड़ियाधसान जगत् में और कहीं देखने में नहीं आता और जुल्म और अत्याचार, अविचार सहने में भारतवासी जितनी सहनशीलता दिखलाते हैं, उतनी भूमंडल की और किसी जाति में नहीं देखी जाती। इसके साथ ही जितना अत्याचार, अविचार, जोर-जुलुम हिंदुस्तानियों पर होता है, उतना यहाँ के और किसी पर नहीं होता। विद्या, बुद्धि और मान-मर्यादा में एक देसी एक विलायती से हजार गुणा अधिक होने पर विलायतवासी की मान-बड़ाई के आगे अंग्रेजी राज में हीन ही गिना जाता है। इस बात में जितना दोष देशी (भारतवासियों) का है, उतना भारतेश्वर का नहीं है।

मयंक मनोहर की मंडली में जो साहबी सजावटवाले बाबू बाँकीपुर से शामिल हुए थे, वह गाड़ी में खिड़की के पास ही बैठे थे और उनके कपाल पर साहबों का सा बड़ा टोपा देखकर कोई मुसाफिर उनकी गाड़ी में जाने का साहस नहीं करता था। साहेबी स्वांग के साथी से मयंक मनोहर अपनी मंडली सहित जो कई तरह का सुख पा रहे थे, उनमें से यह भी एक बड़ा दुःख था कि उनके सिवाय और कोई आदमी उस गाड़ी में नहीं चढ़ सकता था।

मयंक मनोहर के इस नए मीत साहबी पहिनाववाले बाबू का नाम राममोहन बोस है। जाति के कुलीन कायस्थ हैं। देखने में सुंदर, उमर तीस के आसपास होगी, शरीर भी सुडौल, बदन भरा हुआ, मूँछ खड़ी-खड़ी, भौंहें

चापाकार, सब सिर से पाँव तक सुंदर है। मिलनसार भी खूब हैं, बात-बात में चटकदार कहावत (लोकोक्ति) कहने में बड़े पक्के हैं। रेल की यात्रा में ऐसे मिलनसार और खुशदिल आदमी के संग से बड़ी बहार कटती है। जिस डाक गाड़ी में यह लोग बैठे थे, वह सात बजने के कई मिनट पीछे बाँकीपुर से चली। दानापुर, आरा, बक्सर पार करके चौसा का नंबर आया। गाड़ी अपलाइन की होने पर भी डाउनलाइन में खड़ी हुई। धड़ाधड़ चाभी खोलकर लाल पगड़ीवाले लंबे-लंबे पुलिस मैन मुसाफिरों को 'नीचे उतरो', 'चलो बाहर आओ', 'गठरी सामान गाड़ी में रखकर बाहर निकलो', 'एक लाइन में खड़े हो', 'सीधे खड़े हो जाव'। 'मिलके खड़े हो' कहकर गाड़ी से बाहर करने लगे। मुसाफिर भी अँगड़ाते, जंभाते, खाँसते, खखारते, डरते, डकारते गाड़ी छोड़कर कतार में खड़े होने लगे। झब्बूदार पागवाले कांस्टेबल और हेड कांस्टेबल 'कमर सीधे करो', 'मुँह उधर फेरो', 'थोड़ा पीछे हटो', 'कुछ आगे बढ़ आयो' कहकर यात्रियों की पाँति ठीक करने लगे। हाथ में कॉपी लिये और कलम-पेंसिल सँभाले दो पुलिसवाले—'दहने हाथ का आस्तीन चढ़ा लो', 'हाथ दिखावो', 'टिकट निकालो' की जोर से बाँग देने लगे। डॉक्टर-डॉक्टरिन पहुँची। मर्दों की डॉक्टर और स्त्रियों को मेमसाहबा हाथ छू-छूकर छुट्टी करने लगी। बहुत बड़ी कसरत और कवायद के बाद बेचारे तीसरे और बीचवाले दरजे के मुसाफिरों को जो छुट्टी मिली तो एकदम बंधन से छूटे कैदी की तरह अपनी गाड़ी की ओर मुँह करके दौड़े। इतने में पुलिस के एक बड़े सिपाही (हेड कांस्टेबल) ने 'अभी मत जाव। खड़े रहो, टिकट देखा जाएगा' कहकर रोका। सब यात्री रुक गए, फिर दो सिपाही टिकट देखकर प्लेग पीड़ित जिलों से आए हुए लोगों का नाम, ग्राम, जिला, जात, उम्र, कहाँ से आते हो, कहाँ को जाना है, यह सब हुलिया लिखने लगे। अब इतना होने पर उन लोगों को छुट्टी मिली। सब गाड़ी में बैठ गए। यह सब बखेड़ा पहले और दूसरे दरजे की गाड़ी में जानेवाले साहबों को नहीं हुआ। वह लोग अपने आसन ही पर बैठे रहे। डॉक्टर और पुलिस के लोग उनके पास जाकर नाड़ी देख आए, टिकट जाँच आए, फिर मुसाफिरों को भर देने के बाद चाभी डाली गई। दरवाजा

बंद हुआ। घंटी बजी। सिगनल ग्रीन हुआ। सीटी देकर गाड़ी चल पड़ी। कोई सवा-डेढ़ घंटे पीछे बारह बजने के पहले ही गाड़ी मुगलसराय जा पहुँची। काशी जानेवाले लोग उस गाड़ी से उतरकर दूसरी गाड़ी में सवार हुए। दोपहर को वह गाड़ी बनारस पहुँची। सब काशीवाले उतरने लगे।

मयंक बाबू भी अपनी मंडली और साहब स्वाँग के साथी सहित उतरकर स्टेशन से बाहर गए। बाहर आते ही दूसरा गुल खुला—'कहाँ मकान है ? क्या नाम है ?'

'बाप का नाम क्या है ?'

'कौन जात हो ?' कहते हुए काशी के पंडा जोंक की तरह ऐसे चिपके कि उनका पीछा छुड़ाना कठिन हो गया, लेकिन जब मयंक मनोहर ने राममोहन बाबू को अपना अंग्रेज पंडा कहकर बतला दिया, तब बहुत से पंडा बिना पूछे ही आगे बढ़ गए।

कई एक्कों पर बैठकर सब साथियों के साथ मयंक बाबू शहर को चले। चुंगी वालों के चँगुल से रिहाई पाकर आगे बढ़े।

□

दूसरा भेद

कलकत्ते से चलती बेर मयंक बाबू ने काशी के दो-तीन बड़े आदमियों के नाम चिट्ठी लिखा ली थी। उनमें से बनारस कॉलेज के एक प्रोफेसर के नाम जो चिट्ठी थी, उसी को बाहर निकाला और उन्हीं प्रोफेसर के मकान पर सब लोग पहुँच गए। दरवाजा मकान का बंद था। कई बार पुकारने पर दरवाजा खोलकर एक आदमी बाहर आया। उससे जाना गया कि प्रोफेसर साहब घर पर नहीं हैं। दशहरे की छुट्टी में किसी मित्र के यहाँ गए हैं। उस आदमी ने एक्के पर कई आदमी देखकर भीतर से एक पंद्रह वर्ष के लड़के को बुला दिया। बात करने से मालूम हुआ कि वही लड़का प्रोफेसर का पुत्र था।

उसने मयंक बाबू से कहा कि उसके पिताजी घर में नहीं हैं, इसलिए उन लोगों का वहाँ ठहरना नहीं होगा।

मयंक बाबू मंडली सहित बड़ी विपत में पड़े। दरवाजा खोलते ही यह लोग एक्के से उतरकर बाहर की दालान दखल कर बैठे थे। मयंक बाबू ने प्रोफेसर-पुत्र से अपना दुःख बयान किया और थकावट की बात कहकर दो-तीन दिन के लिए ठहरने देने की मंजूरी माँगी। लड़का भीतर अपनी माँ से सलाह करने गया। इतने में राममोहन बाबू ने अपना असली रूप लिया, देसी बदन से साहेबी खाल उतारकर धोती-कमीज धारण किया और माथे का टोप उतारकर खासी खोपड़ी फटकारे, बिना चुरुकी के बंगाली बन गए। मंडली के दो-एक आदमी दीर्घशंका-लघुशंका को गए। एक चिलम तंबाकू भरने को कहने से प्रोफेसर बाबू का नौकर भी वहाँ से हट गया। बचे हुए बाबू लोग

आपस में कानाफूसी करने लगे, "भाई, यह कैसे भले आदमी का मकान है ?"

प्रोफेसर कुमार से मयंक बाबू ने कह दिया था कि वह लोग सैर करने को आए हैं, उनको केवल ठहरने भर की जगह चाहिए, इसके सिवाय उन लोगों के वास्ते उनको कुछ खरच वगैरह नहीं करना। हम लोग पंडों के यहाँ भी नहीं जा सकते, क्योंकि तीरथ करने नहीं आए हैं।

लड़के ने भीतर जाकर अपनी माँ से सब कहा और मयंक बाबू की लाई हुई चिट्ठी भी पढ़कर सुना दी, लेकिन भवानी कहाँ मानती है! प्रोफेसर पत्नी ने बड़े गले से चिल्लाकर कहा, "नहीं, नहीं, साहब घर में नहीं हैं। उन लोगों को जाके बोल, यहाँ नहीं होगा। कहीं और जगह जाकर डेरा खोज लें।"

इतने बड़े घर की भवानी दया से इतनी दूर होगी, ऐसा पहले किसी ने नहीं समझा था। हिंदू परिवार अपने दरवाजे पर आए हुए का सब तरह से आदर करता है। हिंदू और हिंदुस्तान की बात तो दूर रहे, जगत् में सबकी यह रीति है कि कोई अपने दरवाजे पर के आए हुए पाहुने (अतिथि) का आदर करने में संकोच नहीं करता, लेकिन इतने बड़े आदमी की स्त्री दरवाजे पर आए चार भले आदमियों को इस तरह दुतकारती है, इसका कुछ भी कारण समझ में नहीं आया; लेकिन सब लोग उसी लड़के की राह देखते रहे कि वह आकर क्या कहता है ?

आधे घंटे बाद प्रोफेसर का लड़का भीतर से बाहर आया और उन लोगों से कहने लगा, "साहब! बाबा घर में नहीं हैं। आप लोगों का ठहरना यहाँ नहीं हो सकता। कहीं दूसरी जगह डेरा लीजिए।"

अब तो मयंक बाबू और उनके साथियों पर बड़ी आफत आई। ऊपर से पानी बरसता था, नीचे धरती पानी से सराबोर थी। इस संकट के समय कहाँ डेरा खोजेंगे ? फिर उनमें से किसी का बनारस देखा भी नहीं है! यही मन में सोचकर मयंक बाबू ने अपना बक्स खोलकर चिट्ठियों का पुलिंदा निकाला। उनमें एक चिट्ठी डॉक्टर बैद्यनाथ घोष के नाम की निकली। पता बंगाली टोला, 'बंगचिकित्सालय' लिखा था।

मयंक बाबू उसी चिट्ठी को लिये हुए एक और आदमी के साथ नंगे

सिर, बिना छाते के पानी बरसते समय चल पड़े। मयंक बाबू के साथ जो बाबू बाँकीपुर से मिले थे, उनको बनारस में डेरे की कमी नहीं थी। पूछने से मालूम हुआ कि उनके बाप काशीवास करते हैं, उन्ही के दर्शन को छुट्टी के समय वह काशी आए हैं। उनके पिता जहाँ रहते हैं, वहाँ जगह का संकोच है, नहीं तो सब लोग वहीं जाकर ठहर जाते। लेकिन जब तक मयंक बाबू को ठहरने का कुछ ठीक नहीं होता, तब तक वह उनके साथ है, यह भी उनकी मिलनसारी और उदारता ही है; क्योंकि बरस दिन पीछे जो अपने पिता का दर्शन करने के लिए कलकत्ते से गया होकर आए हैं, उनको रास्ते में गाड़ी पर की भेंट-मुलाकात के कारण भीगते हुए उनके ठहरने का डेरा खोजने का क्या काम है? अभी सामने ही पुराने मीत प्रोफेसर बाबू के घर का ब्योहार विराजमान है। दोनों आदमियों का इस तरह ब्योहार देखकर अपने साहेबी स्वांगधारी साथी को मन-ही-मन बहुत धन्यवाद देते और भीगते जाते थे। बहुत सी विपत झेलकर मयंक बाबू को बंगाली टोले में डॉक्टर बैद्यनाथ का मकान पाया। साइत सीधा था, डॉक्टर बाबू दरवाजे पर बैठे ही मिल गए। मयंक बाबू ने नाम-धाम कहकर चिट्ठी दी और प्रोफेसर साहब के घर जाकर जो आफत सही थी, सो सब कह सुनाया।

डॉ. बैद्यनाथ चिट्ठी पढ़ने पर मयंक मनोहर की बात सुनकर बहुत दुःखी हुए और उनको धीरज देकर कहने लगे, "क्या कहूँ, आप लोगों को प्रोफेसर बाबू के यहाँ जाने पर भी इतनी हैरानी हुई, इससे मैं बहुत लज्जित हूँ। मैं प्रोफेसर बाबू को अच्छी तरह से जानता हूँ। वह बहुत दयालु आदमी हैं। घर में होते तो आप लोगों को इतना दुःख नहीं सहना होता। अच्छा अब तो जो हुआ, सो हो गया। आप लोग आराम से यहाँ ठहरें। मकान सब आपका नौकर सब आप लोगों के हैं। नौकरों ही की बात क्या मैं खुद सब तरह से आप लोगों की चाकरी में हाजिर हूँ।"

"आप लोगों को अब कुछ तकलीफ नहीं होगी। भीगे कपड़े सब आप लोग उतार डालिए। सूखे कपड़े मँगाता हूँ, सो पहन लीजिए। मैं अपने आदमियों को कह जाता हूँ, यह प्रोफेसर बाबू के यहाँ से आप लोगों का सब

सामान उठा लाएँगे। आप लोगों को अब वहाँ जाने का काम नहीं है।" इतना कहकर डॉक्टर बैद्यनाथ ने कई नौकरों को प्रोफेसर बाबू के यहाँ भेजा और एक आदमी से उन लोगों को धोती, गमछा सब भीतर से मँगा दिया।

मयंक बाबू ने साथी सहित देह पोंछकर कपड़े बदले और आराम से बैठक में गद्दी पर बैठकर अपना और उनका दुःख-सुख कहने-सुनने लगे। डॉ. बैद्यनाथ के कहने से उनका एक पड़ोसी एक गाड़ी-भाड़ा करके प्रोफेसर बाबू के मकान से मयंक बाबू के साथियों को लेने गया।

थोड़ी देर बाद सब लोग अपना असबाब लिये डॉ. बैद्यनाथ बाबू के मकान पर जा पहुँचे, लेकिन प्रोफेसर बाबू के मकान से मयंक बाबू को डेरा खोजने के लिए निकले हुए जब बहुत देर हो गई, तब राममोहन भी दो आदमियों को लेकर डेरा खोजने के लिए गए थे। साथियों ने डॉ. बैद्यनाथ बाबू के यहाँ आकर मयंक बाबू से कहा, "आपके जाने पर दो घंटे बाद राममोहन बाबू भी दो आदमी के साथ डेरा ढूँढ़ने गए थे। वह अभी तक नहीं आए।"

"जाती बेर कह गए थे कि यहाँ के भले आदमी ऐसे ही होते हैं। अब हम दो आदमी लेकर जाते हैं। किराए का मकान ढूँढ़े बिना नहीं आएँगे। सो हम लोग तो आ गए, लेकिन उनको मिलाकर तीन आदमी बाकी रहे हैं। डॉक्टर साहब का एक नौकर बिठा आए हैं। जब राममोहन बाबू सहित तीनों आदमी प्रोफेसर बाबू के मकान पर लौटेंगे, तब डॉक्टर साहब का नौकर यहाँ लिवा लावेगा।"

इतना कहने के बाद मयंक बाबू ने 'अच्छा' कहकर सबसे कपड़े बदल डालने को कहा। सब लोग सुभीता पाकर ठहरे और कपड़े बदलकर आराम करने लगे। इतनी देर बाद रहने का ठीक लगा, लेकिन राममोहन बाबू दो आदमियों के साथ डेरा ढूँढ़ने के लिए भटकते फिरते हैं, मयंक बाबू को इसी बात की चिंता रही।

उधर डॉक्टर के नौकर को प्रोफेसर बाबू के मकान पर बैठे एक घंटा भी पूरा नहीं हुआ था कि एक आदमी ने आकर पूछा, "बाबू लोग कहाँ हैं?"

नौकर ने जवाब दिया, "कौन बाबू?"

आदमी : "तीन आदमी ने मिलकर हमारा घर भाड़े पर लिया है। उन्हीं लोगों ने हमको भेजा है कि उनके साथ बाबू लोग जो यहाँ है, उनको सब माल-असबाब सहित वहाँ ले जाएँ।"

नौकर : "जिन्होंने तुमको भेजा है, उनका नाम क्या है ?"

आदमी : "नाम एक जने का, मुझे राममोहन बाबू मालूम है, उन्हीं ने मकान लिया है।"

नौकर : "लेकिन यहाँ जो बाबू लोग थे, उन लोगों के ठहरने का तो बंगाली टोले के डॉ. बैद्यनाथ बाबू के मकान पर ठीक हो चुका है। सब लोग माल-असबाब लेकर वहाँ पहुँच गए हैं। हम इसी वास्ते यहाँ बैठे हैं कि राममोहन बाबू अपने दो साथियों के साथ जो मकान खोजने गए हैं, लौटें तो उनको वहाँ ले जाऊँ।"

आदमी : "तो अब बेहतर है कि तुम हमारा मकान चलकर देख लो। अगर डॉक्टर के मकानवाले बाबू लोग हमारे मकान में आना चाहें तो उनको लिवा लाइयो या अगर हमारे मकानवाले बाबू लोग बंगाली टोले में रहना चाहें तो उनको वहाँ ले जाइयो।"

यही पिछली बात ठीक ठहरी। डॉक्टर का नौकर उस आदमी का मकान देखकर लौट आया। उधर जब डॉक्टर का नौकर लौटकर बंगाली टोले में पहुँचा, तब मयंक मनोहर अपने साथियों सहित जलखावा कर रहे थे। नौकर से सब हाल सुनने पर मयंक बाबू की चिंता दूर हुई और मन में यही विचार किया कि खा-पीकर मयंक बाबू राममोहन और उनके दो साथियों से मिलेंगे।

उस दिन संध्या हो चली थी। जलपान ही करने में पाँच बज गए। तब यही बात पक्की रही कि अब एकदम रात ही को भोजन होगा। अतिकाल हो जाने से संध्या को भोजन ठीक नहीं है।

□

तीसरा भेद

डॉक्टर बाबू के जिन पड़ोसी महाशय ने बाबू की मंडली को प्रोफेसर के घर से बंगाली टोले में लाकर सुखी किया, वही सबको लेकर पाँच बजे के बाद शहर घूमने निकले। उनका नाम 'पाँचकौड़ी बाबू' है। उमर चढ़ती जवानी की होने पर भी आप बड़े उपकारी और मिलनसार आदमी हैं। बनारस के सब मंदिर, देवस्थान और मशहूर जगह दिखाने में पाँचकौड़ी बाबू ने मयंक मनोहर की मंडली के साथ बड़ी मेहनत की, इसमें कुछ भी संदेह नहीं है।

मयंक बाबू के कहने से पाँचकौड़ी बाबू पहले वहीं चले, जहाँ राममोहन बाबू ने दो आदमियों के साथ जाकर डेरा किराया पर ठीक किया था। डॉक्टर बाबू के नौकर ने जो कुछ डेरे का पता पाँचकौड़ी बाबू को बतलाया था, उसी राह पर चलकर सब लोग एक मकान के दरवाजे पर पहुँचे और पाँचकौड़ी बाबू को आगे करके उसके भीतर चले गए। आँगन में जाकर देखते क्या हैं कि राममोहन बाबू सहित तीनों आदमी कपड़े-लत्ते पहने इन लोगों की राह देखते हैं। मयंक बाबू की मंडली को देखते ही राममोहन बाबू ने कहा, "क्यों साहब! आप लोगों की अब बेला हुई है?"

मयंक : "क्या करें, आराम करने से कुछ देर हो गई। आप लोग तो तैयार हैं न?"

राममोहन : "तैयार तो हम लोग बहुत देर से हैं, लेकिन बैठे-बैठे आप लोगों की राह ताक रहे हैं।"

मयंक : "भोजन-वोजन हो गया?"

राममोहन : "अजी भोजन की बात तो हलुआ गरम, पूड़ी नरम,

पापड़ पड़ाका, मोहनभोग चमाका, गुपचुप गचापच, घेवर गपागप्प, कचौड़ी मोयनदार और लड्डू मोतीचूर सबकी कचरकूट हो चुकी है।"

मयंक : "भई आप लोगों के नसीब सीधे हैं। हम लोगों को इन सब चीजों से भेंट कहाँ होती?"

राममोहन : "तो जलपान ही पर सोंधे हो रहे हैं क्या?"

मयंक : "और क्या, वहाँ आप लोगों की तरह पाँचों घी में थोड़े हो सकता है, लेकिन डॉक्टर बाबू ऐसे भले आदमी है कि जलपान ही से हम लोगों को संतोष हो गया। भात न मिलने की कुछ चिंता नहीं रही, फिर यह पाँचकौड़ी बाबू उनके ऐसे उपकारी पड़ोसी कि सदा सब तरह से तैयार हैं। हम लोगों को जो चीज चाहिए, माँगते देर नहीं कि सामने आ पहुँचती है! इतना आदर जितना हम लोगों का हुआ और किसी के यहाँ दामाद का भी होता है या नहीं, कहते संदेह होता है।"

मयंक बाबू की बात सुनकर पाँचकौड़ी बाबू कुछ लजा गए और कहा, "इतना बढ़ाकर बड़ाई करने का तो कुछ काम नहीं है और इतना कोई सच्चा मान भी नहीं सकता, लेकिन विचारिए तो यहाँ हम लोगों का घर नहीं, परदेश है। तो भी जो कुछ हाथ में है, उसके लिए हम लोग कभी कोई कसर उठा नहीं रखेंगे। हम लोगों को अपने देश के (बंगाली) लोगों का तो दर्शन भी नहीं होता। इस जंगल में आप स्वदेशी भाई आ गए तो हम किसी तरह आपके आदर से मुँह मोड़ें यह कैसी भलमनसाहत है?"

राममोहन : "क्यों, यहाँ तो बंगाली बहुत हैं?"

पाँचकौड़ी : "हैं तो, पर यहाँ के बंगालियों से हम लोगों का मिलान नहीं होता, फिर यह लोग जो सदा यहीं रहते हैं, सो किसी दो-दस दिन के लिए सैर को आए हुए देशभाई के समान प्यारे नहीं हो सकते। नए मीत का आदर-सत्कार करने में जितना मन चाहता है, उतना पुरातन, पास के बसनेवालों में नहीं लगता।"

मयंक : "तो हम लोग अगर फिर पारसाल आएँ तो इतना आदर आपके यहाँ नहीं पाएँगे?"

□

चौथा भेद

मयंक मनोहर की चतुराई भरी बातों का मतलब पाँचकौड़ी बाबू ने चट समझ लिया और मुसकुराकर बोले, "अब तो आप लोग घर के आदमी हो गए, आगे की साल, अगर दया करके पधारेंगे तो हम लोग अपना बड़ा भाग्य समझेंगे और आदर-सत्कार की बात का तो कहना ही क्या है ? हम लोग आपके घर-द्वार, नौकर-चाकर सब आपके हुए, फिर कोई नई तरह से आदर-सन्मान की बात क्या रहेगी!"

मसखरापन की तरह मयंक बाबू ने मुसकराकर जो बात कही थी, उसी के सँभालने के लिए पाँचकौड़ी बाबू को इतनी बात कहनी पड़ी। फिर और भी कई इधर उधर की बात कहने के पीछे पाँचकौड़ी बाबू सबको लेकर देवदर्शन को चलते हुए।

चलते-ही-चलते पाँचकौड़ी बाबू ने राममोहन से कहा, "क्यों बाबूसाहब! आप लोग कलकत्ते से तो एक साथ ही आए और यहीं आकर दो जगह हो गए, यह बात अच्छी नहीं है। आपको यही चाहिए कि साथ न छोड़ें और यहाँ से डेरा डॉक्टर बाबू के मकान पर ले चलें।"

राममोहन : "लेकिन जब हम लोग यहाँ रहने के लिए इसको किराए पर ले चुके और खाने का दो दिन का खर्च भी अगौड़ी दे चुके, तब यहाँ से वहाँ जाना और डॉक्टर बाबू का भात बिगाड़ना ठीक नहीं है। हाँ, डॉक्टर बाबू को एक भले आदमी और उपकारी सुनते हैं, इससे इतना जरूर है कि उनसे मिले बिना हम लोग यहाँ से नहीं जाएँगे।"

पाँचकौड़ी और राममोहन बाबू में इसी बात पर कुछ देर तक बहस होती

रही। फिर पीछे यही सलाह ठीक ठहरी कि वह तीनों आदमी दूसरे दिन दोपहर को अपने डेरे पर भोजन न करके डॉक्टर बाबू के घर भोजन करेंगे।

हिंदू धर्मवालों के लिए काशी एक महातीर्थ है। बहुत से लोगों का यह विश्वास है कि काशी शिवलोक के समान पुण्यभूमि है और एक समय वह सोने की नगरी (सुवर्ण पुरी) थी। आज कलि काल में वह मिट्टी और पत्थरमय हो गई है। जो पुण्यसलिला पापविनाशिनी गंगा काशी के तलदेश से बह रही हैं, उनके समान, पूत-सलिल जगत् में और नहीं है। भवानी पति विश्वेश्वरनाथ का स्मरण कर उस जल में नहाने से जीव सब पापों से दूर हो जाता और अंत को मोक्ष पाता है। पंचक्रोश व्यापी काशी में मरने से महापापी को भी सब पाप क्षय होकर अक्षय स्वर्गलाभ और शिवलोक की प्राप्ति होती है। काशी में आकर याग, यज्ञ आदि पुण्य कार्य करने से वंश परंपरा की पापराशि कट जाती है। काशी की धूल भी भक्तिमाय से माथे पर रखने से बहुपुण्य संचित होता है। काशी के यात्री मुगलसराय से जब रेलगाड़ी में बैठकर गंगेपरिगत स्थापित सुंदर सेतु डफरिन ब्रिज से आते हैं या भागीरथी की धार में नौका से पार होते हैं, तब उनका भक्तिमाव से 'जय गंगाजी की जय, जय जय काशीनाथ विश्वेश्वर की जय।' कहकर गगनभेदी चीत्कार से जयध्वनि, सहस्त्रों आदमियों की एकत्र कंठध्वनि रेलगाड़ी तक को कँपा देती है।

काशी गंगा के उत्तर में बसी है। डफरिन ब्रिज से जब पहले ही गंगातट स्थित देवालय और मंदिरों के कँगुरे दीख पड़ते हैं, तब वास्तविक हिंदू मात्र के हृदय में अभूतपूर्व भक्ति उदय होती है। यह स्थान यमुना संगम से प्राय 60 कोस और कलकत्ते से काशी प्राय: 238 कोस दूर है। गंगातट दो कोस तक कई हजार मंदिरों से सुशोभित है।

किसी समय काशी में बौद्धों का प्रधान अड्डा था। आठवीं या नवीं सदी में शंकराचार्य ने शिवपूजा की उन्नति के लिए खूब चेष्टा की थी। उनकी वह चेष्टा सफल भी हुई थी। बौद्ध धर्मवालों के उपदेश से हिंदू संतान के मन में भी कुछ भाव परिवर्त्तन हुआ था और अब तक उस परिवर्तन का चिह्न अधिकता से पाया जाता है। ग्यारहवीं और बारहवीं सदी में बौद्ध धर्म का प्रचार एकदम

बंद हो गया और हिंदू धर्म को मानो पुनर्जीवन लाभ हुआ। इस समय के बड़े-बड़े देवालय, छोटे-छोटे मंदिर और अन्यान्य बहुत से स्थानों के शिवलिंग की गणना करके देखा जाए तो भरोसा है, आदमी की गिनती से वही अधिक होगा। सुनते हैं, एक आदमी लगातार एक बरस काशी के देवधाम और मंदिरों का दर्शन करता फिरे, तो भी सब नहीं देख सकता। इतने मंदिर और किसी पुण्यतीर्थ में बने हैं या नहीं, कहते संदेह होता है। युग-युगांतर से काशी पुण्य क्षेत्र प्रसिद्ध है। काशी में जाने से सत, त्रेता, द्वापर सब युग और सब महात्मा याद आते और उनके कार्य स्मरण होते हैं।

राजपूताने के राजा मानसिंह के विषय में सुनते हैं, छोटे-बड़े मिलकर एक लाख मंदिर काशी में बनवाए थे। सुल्तान अलाउद्दीन ने एक हजार मंदिर तोड़े, किंतु समय पाकर उन टूटे मंदिरों के बदले उनसे अधिक मंदिर तैयार हुए थे। जहाँगीर बादशाह काशी देखने आए थे। उन्होंने लिखा है—'यह केवल मंदिरमय शहर है।' मुगल बादशाह औरंगजेब ने भी काशी के अनेक मंदिर तोड़े थे, लेकिन जितने मंदिर उन्होंने तोड़े थे, थोड़े ही दिनों में उनके दूने तैयार हो गए। मुसलमानों ने कई बार इस महा हिंदू तीर्थ में ऐसे अनर्थ किए कि जिनका कहना ठीक नहीं है। काशीधाम में पहले जो प्राचीन और बड़े ऊँचे तथा बहुत उत्तम कारुकार्यमंडित मंदिर थे, वह अब यहाँ नहीं है। इस समय काशी के मंदिर उस समय की अपेक्षा बहुत छोटे हैं और पत्थरों पर खुदाई भी वैसी नहीं दीख पड़ती, इसपर भी काशी में जो कुछ है, वह और बहुत से स्थानों में नहीं है।

□

पाँचवाँ भेद

पुण्यक्षेत्र महातीर्थ काशी के लिए कहा जाता है कि एक समय ब्रह्मा और शिव दोनों में काशी में उनकी मान–महिमा कितनी है, इसी पर विवाद हुआ। शिव ने ब्रह्मा का पाँचवाँ सिर काट लिया, किंतु ब्रह्म–हत्या के पाप से वह सिर उनके हाथ में चिपक गया। जब किसी तरह शिवजी का उससे छुटकारा नहीं हुआ, तब वैरवश उन्होंने जो पापकर्म किया था, उसका फलस्वरूप वह रक्ताक्त सिर हाथ से कैसे छुड़े, इसी की उपाय चिंता के लिए शिवजी सब तीर्थों में घूम–घूमकर यज्ञ–याग करने लगे; लेकिन जब काशी में आए, तभी उनके हाथ से वह मस्तक अलग हुआ। तभी से सब पापी–तापी अपने सिर से पाप का बोझा उतारने के लिए उस महातीर्थ काशी को जाया करते हैं।

बहु–ब्याज–भोगी के समान पापी दूसरा नहीं है। जो दरिद्र लोगों को जिंदगी भर सताता और उनकी वस्तु, जायदाद सब थोड़े दाम में अड़ाकर धीरे–धीरे हथिया लेता है, इस कर्म से जो पाप संचित होता है, उसको छुड़ाने के लिए वह पापी काशी जाता है। जो विचारक मजिस्ट्रेट, जज या मुंसिफ घूसखोर होकर सच को झूठ और झूठ को सच करता है, वह भी अपनी कलुषराशि मणि कर्णिका के जल से धो डालने की आशा करके काशी जाता है। चोर, ठग, झूठा, धूर्त, शठ, खूनी सब पापभार पीड़ित देह लेकर जीवन के अनंतकाल में मोक्षपद पाने की वासना से महातीर्थ काशी को जाते हैं।

पाँचकौड़ी बाबू यही सब कहते मयंक बाबू की मंडली को लिये काशी के अनेक देव मंदिरों का दर्शन करने–कराने और एक–एक स्थान की पुरानी कथा और प्रवाद सब कहकर उन लोगों को आनंदित करने लगे। □

छठा भेद

काशी में जाकर मयंक मनोहर और राममोहन बाबू ने अपनी मंडली सहित जिन-जिन मंदिर और देवधाम का दर्शन किया था, उन सबका बयान लिखने को तो जगह नहीं है, किंतु हम तीन प्रधान देवालयों की बात उन पाठकों के जानने को यहाँ लिखते हैं, जो काशी नहीं गए हैं।

पहला दर्शन विश्वेश्वरनाथ का हुआ। विश्वेश्वर शिव का ही दूसरा नाम है। इस जीव-जंतु, छोटे कीट-पतंगादि परिपूरित विश्व के समस्त प्राणी व वस्तु के यही अधीश्वर हैं। इसी सिद्धांत से उनका नाम है विश्वेश्वर। काशी की सब वस्तु ही इन विश्वेश्वर के चरणों में अर्पित हैं। पंचकोशी काशीतीर्थ में बहुत से देवता हैं, उनमें यही विश्वेश्वरनाथ प्रधान और अधिक मान्य हैं। यही सबके राजा हैं। काशी की सब घटना विश्वेश्वरनाथ के निकट, उनके शहर कोतवाल भैरवनाथ बयान करते हैं। सड़कों के किनारे-किनारे जो शिवलिंग स्थापित हैं, वही मानो विश्वेश्वर के इस काशीराज में पहरेदार का काम करते हैं! यह सब मंदिर इंदौर की महारानी अहिल्या बाई के बनवाए हुए हैं। मंदिर के चारों ओर चौड़ी दालानों में अनेक आगत जन के आहार और विश्राम की जगह बनी हुई हैं। पंडे इन्हीं स्थानों को अड्डा बनाकर तीर्थयात्रियों को अपना शिकार समझते हैं। मंदिर की चोटी खूब ऊँची और सोने के पत्र से मढ़ी हुई है। इसी से उसका नाम काशी का 'सुवर्ण मंदिर' है। जब रणजीत सिंह बीमार थे, तब उन्होंने आराम होने की आशा से यह सब खर्च करके बनवाया था; लेकिन उनको यह नहीं मालूम था कि उसी पुण्य के फल से यह कायिक क्षणभर देह त्यागकर इस पापपरिपूर्ण भवसंसार से एकदम मुक्ति-लाभ करेंगे!

मंदिर की चोटी 51 फीट ऊँची है। बाहरी शिवजी की कचहरी देखकर किसका मन पुलकित नहीं होगा? इतने शिवलिंग यहाँ इकट्ठा किए गए हैं कि उनकी गिनती नहीं हो सकती। मंदिर की दीवारों पर जो देवी-देवता के चित्र बने हैं और जो पत्थर पर खोदे हुए हैं, उनको अच्छी तरह देखने में कितना समय लगेगा, सो ठीक नहीं कहा जा सकता। पत्थर पर खोदे हुए जो देवी-देवताओं के चित्र देखे जाते हैं, उनसे जान पड़ता है कि औरंगजेब ने जिन मंदिरों को तोड़कर छिन्न-भिन्न किया था, उन्हीं के बचे-बचाए टुकड़ों से वह सब बनाए गए थे। विश्वेश्वर के उत्तर-पूर्व को जो मसजिद है, उसमें भी प्राचीन विश्वेश्वर मंदिर का अनेक चिह्न पाया जाता है। मसजिद के पश्चिम ओर की दीवार देखने से कहा जा सकता है कि वह विश्वेश्वर के प्राचीन मंदिर की एक दीवार थी।

मंदिर के भीतर ऊपर की ओर नव घंटे लटकते हैं। मंदिर में प्रवेश करके सब लोग 'बम बम विश्वेश्वर' कहकर उसी घंटे को टनाटन बजाते हैं। कहा जाता है कि इन घंटों में बहुमूल्य और सबसे बड़ा घंटा नेपाल के राजा ने प्रदान किया था। इसी लिंगरूपी विश्वेश्वर के अनुकरण से सब शिवलिंग तैयार होते हैं। दिन में सदा ही तीर्थयात्री विश्वेश्वर के मंदिर में आते हैं और चावल, चीनी, घी, मैदा फल-फूल, मणि, मुक्ता, रजत, कांचन आदि अपनी शक्ति के अनुसार चढ़ाते हैं। पुजारी लोग यह सब पूजा ग्रहण करते हैं। उन लोगों को यही विश्वास है कि उस संपत्ति पर उन्हीं लोगों का अधिकार है। प्रवेश पथ पर गणेश की मूर्ति देखी जाती है। यात्री लोग गंगा से जो जल लाते हैं, वह मंदिर में घुसते ही पहले गणेश पर दो-चार बूँद चढ़ा देते हैं। मंदिर के सामने जो घंटा लटकता है, उसका टनाटन रात-दिन सुना जाता है। कोई यात्री, जो दर्शन करने जाता है, बिना घंटा बजाए नहीं रहता। इसी बात को शिवजी पर प्रगट करने के लिए यात्री लोग घंटा बजाते हैं।

मंदिर के पास ही 'ज्ञानकूप' एक दर्शनीय वस्तु है। कहते हैं कि एक समय बारह वर्ष तक बनारस में पानी नहीं बरसा, जल बिना जब सब काशीवासी दुःखी हुए, तब एक ऋषि ने शिव त्रिशूल से एक स्थान की मिट्टी खोदी। वहीं

से जोर की धार बह चली। शिवजी ने इस बात के सुनते ही उस कूप में सदा के लिए रहना स्वीकार किया। जिस समय दुरात्मा औरंगजेब ने विश्वेश्वर का प्राचीन मंदिर नाश किया, उसी समय मंदिर के प्रधान पूजक शिवलिंग लेकर उसमें कूद पड़े। कूप के चारों ओर जो पत्थर के चालीस खंभों से छत की तरह बनाया गया है, वह ग्वालियर के दौलतराव सिंधिया की विधवा पत्नी के धन से बनाया गया था।

1. ज्ञानकूप

'ज्ञानकूप' इस समय प्रायः ढका ही हुआ है। उसका जल बहुत खराब है। फूल और बेलपत्र आदि के सड़ने से बड़ी दुर्गंध आती है। तीर्थयात्री इसी जल का एक चिल्लू पान करके अपने को कृतार्थ समझते हैं। पूरब की ओर 7 फीट ऊँचा पत्थर का एक साँड़ स्थापित है। उसे नेपाल के राजा ने दिया। था। उसके पास ही एक शिवमंदिर है। हैदराबाद की रानी ने उसे बनवाया था।

2. भैरवनाथ

यह मंदिर विश्वेश्वर के मंदिर से प्रायः आधा कोस दूर होगा। कहते हैं कि यही विश्वेश्वरनाथ के हुक्म से काशी की कोतवाली करते हैं। पंचकोसी काशी के पाप-पुण्य का यही विचार करते हैं।

भैरवनाथ की सवारी में एक बड़ा कुत्ता है। सुनते हैं, उसी पर चढ़कर भैरव बाबा रात को घूमते हैं और काशी में कहीं पापकर्म होता है या नहीं, सो देखते हैं। उसी कुत्ते की नकल करके कारीगर चीनी का कुत्ता बनाकर बाजारों में बेचते हैं। यात्री लोग भैरवनाथ की पूजा करने के बाद उस चीनी के कुत्ते को खरीदते हैं और उसी को देवता के आकार में उपहार देते हैं।

भैरवनाथ के हाथ में पत्थर का बना डंडा है। वह चार फीट ऊँचा है, उसका सिर बाँद का बना हुआ है। काशी में जो अशांति का कारण हो, उसी का शासन करने के लिए वह वज्रदंड भैरव बाबा के हाथ में विराजमान है। मंगल और रविवार को उसकी पूजा होती है। उसके सामने तीन घंटे हैं।

एक और मोर पुच्छ का बना एक दंड हाथ में लिये मंदिर के पूजक बैठे हैं। उसी सुंदर मनोहर दंड को यात्रियों के सिर पर छुलाते रहते हैं। सब लोगों को भरोसा है कि उसी से पापी के सिर से पाप का बोझा उतर जाता है।

3. दुर्गा मंदिर

शहर के दक्षिण भाग में यह मंदिर बना हुआ है। यहाँ बंदरों का उपद्रव बहुत है। यह मंदिर सुंदर नक्काशीदार पत्थरों से बना है। सुनते हैं, रानी भवानी ने इसको बनवाया था। काशी का 'पञ्चकोश' मार्ग भी उन्हीं के धन से बना था। नौबतखाने के बीच में एक बड़ा घंटा लगा है। हर रोज देवी के सम्मान में वह तीन बार बजाया जाता है। द्वार ही पर बलिदान की जगह बनी हुई है। कहते हैं कि यही जगह काशी की सीमा से बाहर है। जीव-हत्या होने का स्थान है, इसी कारण वह काशी से बाहर हुआ है। दालान में पत्थर की बनी दो सिंह मूर्ति विराजमान हैं। आसपास और भी छोटे-मोटे देवालय हैं। उनमें गणेश और महादेव के मंदिर में सब लोग जाया करते हैं। बीच में यह दुर्गा मंदिर है। उसी में दुर्गाजी की मूर्ति विराजती है।

मंदिर में लगी एक पोखरी है, उसको 'कुंड' बोलते हैं और उसी में यात्री लोग स्नान करते हैं।

□

सातवाँ भेद

पाँचकौड़ी बाबू के साथ सब लोगों ने एक-एक करके अनेक मंदिर देखे, किंतु सबका बयान यहाँ करने को जगह नहीं है। काशी में देव मंदिर के सिवाय और भी देखने की बहुत वस्तु हैं।

संध्या के बाद सब विश्वेश्वरनाथ की आरती देखने गए। मयंक मनोहर और राममोहन बाबू पास ही पास थे और लोग उनके चारों ओर खड़े थे। विश्वेश्वरनाथ की आरती देखने से हिंदू के हृदय में जो आनंद होता है, वह और कोई नहीं समझ सकता, न उसको बतलाने के लिए शब्द मिलते हैं। महापापी के हृदय में भी भक्ति का उद्रेक हो आता है, लेकिन इस पवित्र धाम में भी पाप का सोता बहता है। कोई अठारह बरस की एक सुंदरी ने धीरे-धीरे पीछे से जाकर मयंक मनोहर की पीठ पर हाथ दिया और झट अलग हो गई। मयंक बाबू ने पीछे फिरकर देखा तो वही मनोहर रूप और सुंदर साजवाली मुसकुराकर नयन बाण मार रही है। मयंक को पीछे फिरते देखकर राममोहन बाबू ने भी पीछे देखा, सुंदरी ने उनके हिये में भी कटाक्ष धर मारा।

'भगवान् विश्वेश्वरनाथ तुम्हारे, तुम्हारे धवलधाम पुण्यभूमि में यह स्त्री कौन है? इस पवित्र स्थान को कलंकित करने के लिए यह पापिन कहाँ से है? कुलटा, कामिनी बहुतेरी देखी जाती है, लेकिन इसके जैसी बेशर्म और निरलज्जा तो कभी नहीं देखी। वेश्या से भी बढ़कर बेहया दीखती है, लेकिन इसको वेश्या भी नहीं कहते बनता।' मन में मयंक बाबू उसको देखकर यही कहने और सोचने लगे। विश्वेश्वरनाथ की आरती देखकर जो मन पवित्र हुआ था, पापिनी के पाप कटाक्ष से वह अपवित्र होने लगा। मयंक बाबू और

राममोहन दोनों ने एक-दूसरे का भाव समझ लिया और धीरज धरकर आरती की ओर देखने लगे। दोनों ने यही ठान लिया कि अब पीछे फिरकर नहीं देखेंगे। जब तक आरती हुई, भक्ति भाव से दोनों विश्वेश्वरनाथ की ओर मन लगाए देखते रहे। बीच-बीच में उस पापिनी की बात याद आने लगी, लेकिन बलात् उसको मन से हटाने और दुत्कारने लगे। जब दोनों का मन भक्ति रस से भीगकर विश्वेश्वरनाथ की ओर तन्मय हो गया, तब थोड़ी देर के लिए उस सर्वनाशिनी की बात एकदम भूल गए।

आरती हो चुकी। एक बार मयंक बाबू ने पीछे फिरकर देखा, वह सुंदरी अब यहाँ नहीं है। दोनों चुपचाप मंदिर से बाहर हुए। उनके साथी और पाँचकौड़ी बाबू आगे-आगे चले। मयंक मनोहर और राममोहन बाबू कुछ पीछे हो गए।

राममोहन ने मयंक मनोहर से पूछा, "भला वह गई कहाँ?"

मयंक : "क्यों, उसका क्या काम है?"

राममोहन : "काम तो कुछ नहीं, उसका नाम-गाम तो पूछते कि कहाँ की है?"

मयंक : "उस पापिनी के नाम-गाम से क्या मतलब है? इस पुण्यधाम में उस पिशाचनी को देखकर आपको दुःख नहीं हुआ?"

राममोहन : "मैं खूब जानता हूँ, जहाँ पुण्य बहुत है, यहाँ पाप भी खूब होता है। जहाँ जितना धर्म है, यहाँ उतना ही अधर्म भी है। परमात्मा परमेश्वर पाप और पुण्य दोनों को समान ही रचकर हम लोगों के धर्मबल की परीक्षा करता है।"

मयंक : "हम लोगों के मानसिक बल की परीक्षा क्या करना है? हम लोग तो स्वभाव ही से बलहीन है। जब छह-छह शत्रु सदा धक्का देते रहते हैं, तब हम लोगों के मानसिक बल में तेज कहाँ रहेगा?"

राममोहन : "इसके सिवाय हम इन कामों को पाप में नहीं गिनते। जाचक की जाचना पूरी करना कभी अन्याय नहीं है। यह सुंदरी कुलटा हो, चाहे असती हो, कुलकलंकिनी हो या सर्वनाशिनी हो, उसकी कामना पूरी करने

में हानि नहीं है। अगर हम उसको पाप करने की सलाह देते या उसको किसी तरह पाप के लोभ में फाँसने की तदबीर करते तो पापी हो सकते थे। उसके कटाक्ष में जो जहर है, वह तो हमारे रग-रग में घुस गया है। हम समझते हैं, वह प्रेम भिखारिनी है, उसकी मंशा पूरी करने में कुछ नुकसान नहीं है। इस बात में बृजराज श्रीकृष्णजी हम लोगों का राह दिखानेवाले हैं। शास्त्र वचन को छोड़कर यहाँ हम लोगों को गोपियों का चीरहरण, राधिका का विरह, चंद्रावली का कृष्णानुराग, सैकड़ों-सहस्त्रों गोपियों के साथ श्रीकृष्ण विहार ही हमारे लिए मानने की वस्तु हैं। इनमें अगर पाप होता तो भगवान् कभी ऐसी बात नहीं कर जाते।"

□

आठवाँ भेद

राममोहन बाबू की बात सुनकर मयंक मनोहर का कलेजा काँप गया। मन में मयंक बाबू ने समझ लिया कि सुंदरी का कटाक्ष बाण राममोहन बाबू के कलेजे तक पार हो गया है। धीरे से हँसकर मयंक बाबू ने कहा, "लेकिन आप जितना व्याकुल हुए हैं, उतना मैं नहीं हुआ, तो भी मैं यह नहीं कह सकता कि मेरा मन एकदम नहीं टला। देव, दानव, यक्ष, गंधर्व, किन्नर, नाग सबका मन रमणी के नयन बाण से बिंध जाता है। बड़े-बड़े मुनि-ऋषि व्याकुल हो जाते हैं। मैं भला किस लेखे में हूँ, लेकिन आपकी बात सुनकर मुझे एक बात की याद आई है। हमारे मोहल्ले में 'हरी' नाम का एक अर्द्ध पागल आदमी था। वह सदा गाँजा पीता था। मुझे भरोसा था कि गाँजा छुड़ा देने से उसका पागलपन छूट जाएगा। इसी से जब-तब मैं उसको बुलाकर गाँजा छोड़ने को समझाया करता था। एक दिन गाँजे का पूरा दम लगाकर मेरे पास आया। मैंने उसकी लाल-लाल आँखों से ही हाल जानकर पहले उसको खूब गाली दो, लेकिन वह दम के झोंक में मेरी गाली सुनकर हँसने लगा। हरी बँगला, संस्कृत और अंग्रेजी खूब पढ़ा था। मैं सदा उसका अपमान करता और वह हँसकर मेरा कहना उड़ा देता था; लेकिन दो-चार पैसा मुझसे पाता, इसीलिए मुझे बुरा नहीं कहता और गाली देने पर भी आता था। लेकिन विचार-बहस में पंडित तथा मैं कभी बात करने में उसका जवाब नहीं दे सकता, न उसकी बुद्धि से कभी पार पाता था। कभी-कभी वह ऐसी उत्तम और उचित बात कहता, उसको मैं काट नहीं सकता था। लेकिन इतना ही था कि पागल होने के कारण वह किसी बात पर देर

तक बहस नहीं कर सकता था, क्योंकि थोड़ी ही देर में वह अपना कहा हुआ भूल जाता था। एक दिन उसने मुझसे कहा कि गाँजा क्या मन से कर पीते हैं; भगवान् पिलाता है, इसी से पीते हैं। 'त्वयाहषी केश हृदिस्थितेन यथा नियुक्तोस्मि तथा करोमि।' मुझे अपनी इच्छा से कुछ करने का अधिकार होता तो आपका कहना मानकर मैं गाँजा छोड़ देता। तभी से जब उस पागल की बात याद आती है, तब हँसी नहीं रुकती। आप भी आज उसी की तरह बात कर रहे हैं।"

राममोहन बाबू कुछ जवाब देने को मुँह खोलते कि मयंक मनोहर ने थोड़ी दूर पर उसी सुंदरी को खड़ा देखा और राममोहन बाबू का हाथ दबाकर कहा, "अब आपको मेरा जवाब देना नहीं पड़ेगा, देखिए आपकी मनमोहिनी वह खड़ी है।"

राममोहन ने उसकी ओर देखकर कहा, "तो चलो न यार, उससे बात करें।"

मयंक : "भई इस वक्त चलने से पंचकौड़ी बाबू समझ जाएँगे।"

उधर साथी लोग पाँचकौड़ी बाबू के साथ दूर निकल गए। आपस की बहस में इन लोगों को साथियों की कुछ सुधि नहीं रही। अब अवसर पाकर दोनों वहीं खड़े रहे। राममोहन बाबू ने उसकी ओर हाथ से कुछ इशारा किया, इतने में पाँचकौड़ी बाबू लौटते हुए दीख पड़े और झट पास आकर कहने लगे, "क्यों साहब! अब तो बहुत रात गई। क्या टक लगाए देख रहे हैं? अब चले चलिए, कल आकर फिर देख लीजिएगा।"

उनको टालने के लिए राममोहन बाबू ने कहा, "हम लोगों को डेरे पर लौटने में कुछ देर होगी। एक जान-पहचान के आदमी मिल गए हैं। उनसे बात करना है और उनके डेरे पर भी जाने का ढंग दीखता है। अभी वह भीतर दरशन करने गए हैं।"

पाँचकौड़ी : "तो आप लोग डेरे पर चले आएँगे, भूलेंगे तो नहीं न?"

राममोहन : "नहीं, भूलेंगे नहीं! और ऐसा होगा भी तो बंगाली टोला पूछ लेंगे। इसके सिवाय जिनसे भेंट हुई है, उनको काशी का सब घरघाट मालूम

है। वही हम लोगों को डेरे तक पहुँचा आएँगे।"

"अच्छा तो हम जाते हैं। आप लोग जल्दी आ जाइएगा।" कहकर पाँचकौड़ी बाबू चलते बने। राममोहन बाबू को उस सुंदरी से बात करने का अवसर मिला। साथ में मयंक बाबू भी उनके बचाव के लिए रह गए।

□

नौवाँ भेद

पाँचकौड़ी के चले जाने पर दोनों उस सुंदरी के पास गए। सुंदरी पहले ही बोली, "आप लोग क्या बनारस घूमने आए हैं?"

मयंक : "हाँ। सुंदरी, आप लोगों से मेरा एक काम है। कर दें तो बड़ा उपकार मानूँगी।"

राममोहन : "बोलो? क्या है? हम लोगों से होगा तो कसर उठा नहीं रखेंगे।"

सुंदरी : "देश से एक चिट्ठी आई है, उसी को पढ़ दें तो बड़ी दया होगी।"

राममोहन : "बस इतना ही? लावो दो, अभी पढ़ते हैं, यह कौन बड़ा काम है?"

सुंदरी : "यही तो टेढ़ी बात है कि मैं चिट्ठी साथ नहीं लाई हूँ। आप लोग मेरे साथ डेरे पर चलें तो हो सकता है।"

राममोहन : "डेरा तुम्हारा कितनी दूर है?"

सुंदरी : "पास ही है, बहुत दूर जाना नहीं होगा।"

राममोहन : "तुम्हारा यहाँ कोई और नहीं है?"

सुंदरी : "नहीं बाबू! यहाँ हमारा कोई नहीं है।"

राममोहन : "तुम्हारा देश कहाँ है?"

सुंदरी : "कलकत्ता।"

राममोहन : "तुम कौन जात हो?"

सुंदरी : "जात की तो मैं सुनारिन हूँ।"

राममोहन : "तुम्हारी बात तो पढ़ी-लिखी की सी सुन रहा हूँ! तुमको चिट्ठी पढ़ना नहीं आता ?"

सुंदरी : "नहीं बाबू, हमारी जात में स्त्री पढ़ना-लिखना नहीं जानती और जानती है तो सौ में दो-चार।"

राममोहन : "तुम काशी में अकेली क्यों हो ?"

सुंदरी : "नहीं, मैं अकेली तो नहीं हूँ, लेकिन दस-पंद्रह दिन के वास्ते अकेली हो रही हूँ। यह सब बड़ी कथा है। आप डेरे पर चलेंगे तो सब मैं बता दूँगी। रास्ते में यह सब बात कहने की नहीं हैं। जो हम लोगों को यहाँ खड़े बात करते देखेगा, सो संदेह करेगा।"

राममोहन : "अच्छा चलो। तुम्हारे डेरे ही पर सही, लेकिन हम लोग चिट्ठी ही पढ़कर तुरत चले जाएँगे। देर तक नहीं ठहरेंगे।"

इसका कुछ जवाब न देकर सुंदरी मस्त हाथी की चाल से आगे बढ़ी। राममोहन और मयंक मनोहर उसके पीछे चले। उसका मकान तो सचमुच विश्वेश्वर मंदिर के पास ही मिला; लेकिन वह पास की गली इतनी गंदी थी कि उससे जाना और नरक में पाँव देना एक बात थी। इसी से सदर राह से जाकर कुछ दूर फिरने पीछे उन लोगों को वहाँ जाना पड़ा।

स्त्री दोनों साथियों को लिये हुए एक घर में घुसी। रास्ते में जब थी, तब उसने खूब लंबा घूँघट काढ़ रखा था। जब तक रास्ते में चलती रही, तब तक उसने उनसे एक बात भी नहीं की। घर के सदर दरवाजे पर एक दरवान बैठा था। उसने बड़े से बाबुओं को झुककर सलाम किया, फिर इनके साथ भीतर तीसरे माले पर पहुँची। उतने बड़े मकान में और किसी की कुछ आहट नहीं मिली। उस सुनसान घर में जाते हुए मयंक मनोहर के मन में खटका हुआ ।

तीसरे माले पर जाकर सुंदरी ने अपने आँचल में बँधी चाभी से दरवाजे का ताला खोला, फिर 'मंगला', 'मंगला' कहकर पुकारने लगी। उसका पुकारना सुनकर पास के कमरे से हाथ में चिराग लिये एक और स्त्री निकल आई। उसको देखकर सुंदरी बोली, "काहे रे मंगला! अब तक चिराग की बेला नहीं हुई ?"

मंगला बोली, "चाभी तो तुम्हारे पास थी न?"

सुंदरी : "तेरे पास क्या इस ताले की दूसरी चाभी नहीं है?"

मंगला : "जरा देख तो लो! कौन ताला लगाकर आज गई हो? जो ताला रोज लगता था, उसकी चाभी मेरे पास है कि इस ताले की चाभी है, जिसको तुम खोले ही हो? इस ताले की चाभी कभी हमारे पास रही है कि आज ही रहेगी?"

सुंदरी ने ताले की ओर दोबारा देखकर कहा, "ओहो! ठीक है! आज यह ताला देकर गई थी? राम! राम! वज्र पड़े मेरी याद पर! अच्छा मंगला, जा जल्दी से चिराग जलाकर दोनों बाबू के वास्ते जल खाने को ऊपर के घर में दे जा।"

मयंक ने कहा, "नहीं, नहीं! हम लोगों को प्यास नहीं है, न हम लोग कुछ खाएँगे। अभी थोड़ी देर हुई जल खाकर तो हम लोग दर्शन करने आए थे। जिनके यहाँ हम लोग ठहरे हैं, वह लोग हमारे वास्ते बैठे राह देखते होंगे। हम लोग यहाँ कुछ नहीं करेंगे।"

सुंदरी : "सो सब है, लेकिन इस बात के वास्ते आप लोग मुझे माफ कीजिए। आप लोग कष्ट करके मेरे वास्ते इतनी दूर आए हैं, तब आप लोगों को कुछ पानी पीकर मेरी बात मानना ही चाहिए।"

□

दसवाँ भेद

राममोहन ने मयंक मनोहर का हाथ दबाया। मयंक ने समझ लिया कि राममोहन बाबू जलपान करने पर राजी हैं। निदान मयंक बाबू अब फिर नाही नहीं कर सके। मंगला इतने में चिराग जलाकर चली गई।

रोशनी होने पर देखा तो मकान एक भले आदमी के बैठक की तरह सजा है। सब समान सिलसिले से रखे हैं। मयंक बाबू ने घर की सजावट देखकर मन में कहा कि यह घर वेश्या का नहीं हो सकता। उस सुंदरी की बात सुनकर भाव और ठाट देखकर उसकी आँखों का चलाना विचारकर सबने उसे वेश्या समझा था, वह समझना अभी भी दूर नहीं हुआ, लेकिन घर की सजावट से कुछ मन का भाव बदलने लगा।

मयंक मनोहर ने फिर पूछा, "तुम्हारा देश कहाँ है?"

सुंदरी : "देश कलकत्ता कह चुकी हूँ न!"

राममोहन बोल उठे, "तो यहाँ क्यों आई?"

सुंदरी : "वह बात आप नहीं पूछें तो अच्छा है।"

राममोहन : "क्यों? पूछने में क्या हरज है?"

सुंदरी : "मैं घर से निकल आई।"

सुंदरी ने जिस बेशरमी से यह बात कही, वह लिखना ठीक नहीं है। इसके बाद मयंक बाबू क्या पूछेंगे, सो बहुत कुछ विचारने पर भी ठीक नहीं कर सके।

राममोहन ने चट सवाल किया, "तुम कितने बरस की होगी?"

सुंदरी : "इक्कीसवाँ चलता है।"

मयंक : "लेकिन जब मंदिर में तुमको देखा, तब हम लोगों को अठारह बरस अंदाजा था।"

सुंदरी ने हँसकर जवाब दिया, "मैंने सदा जवान रहने के लिए ब्रह्मा से वर पाया है।" उसकी बात सुनकर दोनों आदमी हँस पड़े।

राममोहन बाबू ने पूछा, "तुम्हारा नाम क्या है?"

सुंदरी बोली, "नाम मेरा मोहिनी है।"

राममोहन : "सचमुच तुम मनमोहिनी हो।"

मोहिनी : "क्यों आपको पसंद आई है क्या?"

राममोहन : "मैं तुम्हारे मोहन रूप की बड़ाई इस पाप मुख से क्या कर सकता हूँ।"

मोहिनी : "आपका ब्याह हुआ या नहीं?"

राममोहन : "ब्याह होकर भी अब्याहा हो गया हूँ। स्त्री मर गई।"

मोहिनी : "मर गई तो चलिए अच्छा ही हुआ।"

इतना कहकर मोहिनी ने मयंक से पूछा, "और आप कहिए, ब्याहे हैं या क्वारे?"

मयंक : "मैं तो ब्याहा हूँ।"

मोहिनी : "तो आपके साथ मेल बढ़ाना बेकाम है।"

मयंक चुपचाप रहे। मोहिनी पर उनको बड़ी घृणा हुई थी और उसके साथ बात करना भी वह नहीं चाहते थे, लेकिन राममोहन के साथ होने से वहाँ बैठना पड़ा, किंतु राममोहन रसिया आदमी है? उनका मन उस मोहिनी ने सचमुच छीन लिया है। राममोहन ने उससे पूछा, "तुमने किसका कुल कलंकित किया है?"

मोहिनी : "यह बात में नहीं बतलाऊँगी। मैं ही केवल पापिनी हुई। मेरे माँ-बाप या स्वामी, ससुर ने तो कुछ पाप किया नहीं है। उनका नाम लेकर बदनाम करने का क्या काम है?"

राममोहन : "तुम्हारा स्वामी जीता है?"

मोहिनी : "नहीं, जीता कहाँ है?"

राममोहन : "सास-ससुर ?"

मोहिनी : "वह भी मर गए।"

राममोहन : "देवर या जेठ कोई है ?"

मोहिनी : "हाँ, सो क्यों नहीं हैं ?"

राममोहन : "तुम किसके साथ निकल आई ?"

मोहिनी : "देवर के साथ।"

राममोहन : "तो फिर निकल क्यों आई ?"

मोहिनी : "उनसे मुझे गर्भ रह गया।"

राममोहन : "कोई बच्चा हुआ ?"

मोहिनी : "हाँ, सात महीने पर इसी काशी में मरा बच्चा हुआ था।"

राममोहन : "उसको मार तो नहीं डाला ?"

मोहिनी : "मार डालने का क्या काम था ? जब घर से बाहर हो आई, तब हत्या करने का क्या काम था ? किसी का डर-लाज तो था नहीं !"

राममोहन : "तुम्हारे देवर कहाँ हैं ?"

मोहिनी : "कलकत्ते गए हैं।"

राममोहन : "आएँगे नहीं ?"

मोहिनी : "नहीं। अब नहीं आएँगे।"

राममोहन : "क्यों ?"

मोहिनी : "उनको विदा कर चुकी हूँ।"

राममोहन : "क्यों, विदा क्यों किया ?"

मोहिनी : "उनसे जो मतलब था, वह पूरा हो गया।"

राममोहन : "क्या मतलब था ?"

मोहिनी : "दो जेठ हैं उनसे मुकदमा लड़कर अपनी संपत्ति और हक लेने का मतलब था, सो हो चुका।"

राममोहन : "तो क्या देवर ने उसमें तुमको मदद की थी ?"

मोहिनी : "हाँ।"

राममोहन : "वह तुम्हारी ओर हुए होंगे।"

मोहिनी : "हाँ, उन्हीं के होने से मुकदमे में मुझे कुछ करना नहीं पड़ा, लेकिन सब मामला आपस ही में तै हो गया।"

राममोहन : "देवर से तुम्हारे मिलाप का हाल तुम्हारे जेठ जानते थे?"

मोहिनी : "जानते तो नहीं थे, लेकिन देवर के मेरी ओर होने से कोई समझ गया हो तो नहीं कह सकती।"

राममोहन : "तुमको क्या हक मिला है?"

मोहिनी : "यही मकान मिला और काशी में ही एक बाग है, वह मिला। इसके सिवाय 80,000 रुपए की सूद और बीस हजार नकद रुपया।"

राममोहन : "अस्सी हजार का सूद कैसा?"

मोहिनी : "मैं जब चाहूँ, तब वह अस्सी हजार भी नकद ले सकती हूँ, लेकिन उतना रुपया लेकर क्या करती? इतना ही हक रखा है कि जब मुझे कोई लड़का हो, तब वह अस्सी हजार ले लूँगी।"

राममोहन : "वह अस्सी हजार कहाँ जमा है?"

मोहिनी : "कलकत्ते के किसी बैंक में जमा है। यहाँ के जिस बैंक में चाहूँ, चेक भेजकर सूद का रुपया पा सकूँगी। मेरी सही···" इतनी बात कहते-कहते मोहिनी एकदम चुप हो गई।

□

ग्यारहवाँ भेद

राममोहन बाबू उसके मन की बात ताड़कर बोले, "इतनी बात कहकर यह जरा सी बात क्यों छिपाती हो? उस पर तुम सही कर सकती हो?"

मोहिनी : "हाँ।"

राममोहन : "तुम लिखना-पढ़ना जानती हो?"

मोहिनी : "जानती हूँ।"

राममोहन : "कितना पढ़ी हो?"

मोहिनी : "बंगला में छात्रवृत्ति (मिडिल) तक की सब पुस्तक पढ़ चुकी हूँ। साथ ही कुछ संस्कृत भी पढ़ती थी। अंग्रेजी भी कुछ जानती हूँ।"

राममोहन : "अंग्रेजी कितना पढ़ी हो?

मोहिनी : "एंट्रेंस में जितनी पुस्तक लोग पढ़ा करते हैं, उतनी पढ़ने के सिवाय और कई उपन्यास भी पढ़ चुकी हूँ। इतनी देर बाद मयंक मनोहर ने समझ लिया कि मोहिनी किस दरजे की रमणी है! वेश्या न होने पर भी इतना बेशरम होने का कारण अब मालूम हो गया। पश्चिमी शिक्षा की रोशनी में मोहिनी की आँख का पानी गिर गया था। अनेक उपन्यास के नायक-नायिका का चरित्र जानकर प्रेमपंथ में पक्की हो चुकी है।

राममोहन ने कहा-तो चिट्ठी पढ़ाने की बात बिल्कुल गप्प थी!

मोहिनी : "इतना ही नहीं और भी कई झूठी बात मैंने आपके आगे कही है।"

राममोहन : "वह क्या?"

मोहिनी : "कलकत्ता मेरी ससुराल या मायका कुछ नहीं है। वह बात भी मैंने झूठी ही कही है।"

राममोहन : "तो तुम कहाँ की रहनेवाली हो ?"

मोहिनी : "सो मैं बतलाना नहीं चाहती।"

राममोहन : "अच्छा, और क्या-क्या झूठ कहा है ?"

मोहिनी : "और यही कि मैं जात की सुनारन नहीं हूँ।"

राममोहन : "तो कौन हो ?"

मोहिनी : "सो मैं नहीं बतलाऊँगी, लेकिन इतना कहती हूँ कि मैं कोई नीच जाति की लड़की नहीं हूँ।"

इतने में एक ब्राह्मण ने कई तरह के फल, मूल और मिठाई से भरी दो बड़ी-बड़ी थाली लाकर उन लोगों के सामने रखी। राममोहन और मयंक बाबू दोनों ने थाल में से कुछ-कुछ भोजन करके पानी पी लिया।

ब्राह्मण चला गया। आहार करते-करते मयंक बाबू ने पूछा, "तो भला हम लोगों को यहाँ पर लाने का क्या मतलब है ?"

मोहिनी : "आप तो ब्याहे हैं। आपकी स्त्री जीती है। इस वास्ते आपसे मुझे कुछ मतलब नहीं है, लेकिन आपके मित्र आज रात भर यहीं रहेंगे। बस यही मेरा मतलब है।"

इतना सुनकर राममोहन ने मयंक बाबू की ओर देखा। मयंक मनोहर भी उनकी ओर देखने लगे। राममोहन ने कहा, "अच्छा तो अभी हम लोगों को डेरे पर जाने दो। वहाँ से होकर तो फिर आएँगे।"

मोहिनी : "वह जाना चाहें तो चले जा सकते हैं, लेकिन आपका जाना नहीं होगा।"

राममोहन : "तुमको ऐसी चाह है तो देवर को क्यों जाने दिया ?"

मोहिनी : "वाह ! साहब, आप इतना नहीं समझते ? भौंरा एक ही फूल के पराग से क्यों नहीं पेट भर लेता ? बीसों फूलों का मकरंद क्यों चखता फिरता है ?"

राममोहन : "वह बात मर्द के लिए हो सकती है।"

मोहिनी : "व्याकरण तो आप पढ़ चुके हैं। लिंगभेद का अध्याय याद कीजिए तो मालूम हो जाएगा कि जो बात मर्द के लिए ठीक है, वह मेरे लिए भी ठीक है, फिर देखिए, मुझे अपने हक से अलग होने की श्रद्धा नहीं थी। इसी कारण अपने देवर की मदद से अपना मतलब निकाला। देवर राम मेरे रूप ही में नहीं मोह गए थे, बल्कि जेठ लोगों से अपना हक पाने पर उनको देने के लिए भी मैंने लोभ दिया था, इसी से लोक-लज्जा, मान-मर्यादा सब छोड़कर वह हमारे साथ छह महीने तक स्त्री-पुरुष की तरह इकट्ठे रहे, लेकिन मैंने सोचा कि उनको यहाँ अपने पास रखना उनकी घरवाली पर बड़ा जुल्म करना होगा। मैं तो घर से बाहर ही पड़ी, लोक-परलोक दोनों बोर चुकी, फिर एक और दुखिनी का हाथ क्यों अपने ऊपर लूँ? हमारी देवरानी हमको ठीक सहोदर बहन की तरह मानती-जानती थी। इसी से मैंने देवर को यहाँ रख लेना अनुचित समझा। देवरानी की एक चिट्ठी भी ऐसी आई थी, उसको पढ़कर मेरे आँसू नहीं रुकते थे। इन्हीं कारणों से एक छोटी सी बात पर झूठ-मूठ झगड़ा कर मैंने देवर को यहाँ से विदा कर दिया। बात यही है कि हमको इसके वास्ते कुछ हरज नहीं है। एक दरवाजा बंद हुआ तो दस खुले हैं..."

इतना कहते-कहते मोहिनी का कंठ भर आयाा। मुँह से बात नहीं निकली। आँखों से आँसू बह चले।

□

बारहवाँ भेद

मोहिनी को रोते देख मयंक मनोहर को दया आई और उसको संतोष देकर बोले, "तुम्हारा रोना देखकर हमारा तो कलेजा फटा जाता है। भला तुमको इतनी समझ है और इतना धन भी है तो पाप-कर्म क्यों नहीं छोड़ देतीं?"

मोहिनी आँसू पोंछकर कहने लगी, "मुँह से कह देने में यह जितना सहज है, काम करके दिखाने में उतना सहज नहीं है। सच पूछिए तो मेरा मन इस समय मेरे हाथ में भी नहीं है। मैं इंद्री परवश हो रही हूँ। भोग-विलास से अभी भी मन नहीं भरा है। बाप-माँ और हित-मित्र सबको छोड़ चुकी हैं। इस दशा में जब मेरे पास धन है, जवानी है और लालसा है, तब मेरा मन पापमार्ग पर नहीं जाएगा? जवानी के ज्वार को रोकना सहज नहीं है। जब भाठा होगा तब अलबत्ते में इस पाप का प्रायश्चित कर सकूँगी।"

राममोहन : "तुम्हारे देवर कब गए हैं?"

मोहिनी : "कल सवेरे गए।"

राममोहन : "अब तुम्हारे मन में क्या है?"

मोहिनी : "अब तो मेरे मन में यही है कि एक भले अदमी की होकर रहूँ। इस धन-संपत्ति भरे घर में एक मर्द बिना बड़ी विपत्ति हो सकती है और नहीं तो यह हमारे नौकर ही चाहें तो हमारा सर्वनाश कर सकते हैं। कोई भला आदमी मेरे साथ स्वामी श्री की तरह रहने को मिल जाए तो मेरी जिंदगी अच्छी तरह कट जाएगी।"

राममोहन : "सो तुम्हारे साथ कोई कैसे रह सकता है? यह तुम्हारे

नौकर लोग तो तुम्हारा सब हाल जान गए हैं न?"

मोहिनी : "हमारे नौकर सब रुपए के गुलाम हैं। रुपया पाने पर कोई भी मेरे कहने से बाहर नहीं होगा। अगर होगा और मेरा भेद खोल देगा तो भी में कुछ डर नहीं करती, क्योंकि जब घर से निकल चुकी, तब डर लाज किसकी है? इसके सिवाय मैंने एक तदबीर यह सोची है कि इनको एक-एक करके विदा करूँगी और सब नए नौकर रखूँगी। सब आदमी जब नए हो जाएँगे, तब कोई हमारा भीतरी हाल नहीं जानेगा। इन सब बातों की कुछ चिंता नहीं है। चिंता है तो खाली इसी बात की है कि हमको कोई एक भला आदमी मिल जाए तो उसी को मालिक बना दूँ और साथ ही अपनी जवानी की लालसा भी पूरी करूँ। इसी के लिए मैं दो दिन से विश्वेश्वरनाथ के मंदिर जाती हूँ। मेरे दो आदमी भी गुप्त रूप से मेरी रखवाली के लिए अलग छिपे रहते हैं। इन दो ही दिनों में कई आदमी हमको मिले, लेकिन कोई काम के नहीं।" मोहिनी ने सब कथा कह सुनाई।

□

तेरहवाँ भाग

और रामामोहन बाबू का आहार ढका रखा है।

राममोहन बाबू ने अपने साथियों से कहा, "अच्छा, आप लोग सोइए, मैं आज यहाँ नहीं सोऊँगा। जान-पहचान के एक आदमी आज विश्वेश्वरनाथ में मिल गए, इसी से आने में देर हुई। उनसे मैं कह आया हूँ कि अपने साथियों सहित भोजन करने आऊँगा। सो आप लोग तो खा चुके। मेरा थकना बेकाम हुआ। मैं वहीं से खबर भेज देता तो अच्छा होता।"

पहले साथी ने कहा, "तो घरवाले को पहले से खाने का खर्च दे चुके हैं, सो बेकाम ही न जाएगा?"

राममोहन : "नहीं, मेरा भाग आप लोग बाँटकर खा डालिए। मैं वहीं उन्हीं प्रेमी के यहाँ भोजन करने जाता हूँ।"

दूसरा साथी : "तो हम लोग दो ही आदमी यहाँ रहेंगे?"

राममोहन : "तो डर क्या है? हम जाकर वहाँ से दो आदमी और भेज देंगे।"

पहला साथी : "तो आप भी डॉक्टर बाबू के घर जाते हैं?"

राममोहन : "वहीं तो सबके एक साथ भोजन करने की बात थी, लेकिन वह बात नहीं हो सकी तो अब मैं अपने उसी जान-पहचानवाले के यहाँ जाता हूँ।" इतना कहकर राममोहन बाबू वहाँ से चलते हुए।

मयंक मनोहर भी उन्हीं के साथ वहाँ से बाहर हुए। बाहर मोहिनी का नौकर खड़ा था। राममोहन बाबू ने उसको दो एक्का किराया पर लाने को कहा। नौकर एक्का लाने गया, दोनों आदमी सदर रास्ते पर खड़े रहे।

खड़े ही खड़े राममोहन बाबू ने मयंक बाबू से कहा, "तो आप एक एक्के पर बैठकर डॉक्टर बाबू के मकान पर चले जाइए। वहाँ सब लोग आपकी राह देखते होंगे। मैं मोहिनी के घर जाता हूँ। कल सवेरे फिर मिलेंगे। आप डॉक्टर बाबू के यहाँ से दो आदमी यहाँ हमारे डेरे पर भेज देना।"

□

चौदहवाँ भेद

मयंक बाबू ने राममोहन को मोहिनी की आशा छोड़ देने के लिए बहुत कहा। कुल कलंकिनी के साथ व्यभिचार में अनेक पाप बताकर उनको बहुत समझाया, लेकिन जब देखा कि राममोहन बाबू की ठिठुरी बुद्धि में उनका सदुपदेश नहीं चुभता, तब निराश हो एक्के पर बैठकर डॉ. बैद्यनाथ के मकान को चलते हुए। डॉ. बैद्यनाथ के मकान पर जाकर मयंक मनोहर ने देखा तो बहुत देर हो जाने के कारण सब साथी भोजन करने के लिए भीतर जाने को उठ खड़े हुए, लेकिन पाँचकौड़ी बाबू सदर दरवाजे पर खड़े उनकी बाट हेरते हैं।

मयंक मनोहर को देखते ही डॉक्टर बाबू, पाँचकौड़ी और साथी सब लोग व्याकुल होकर, "इतनी देर क्यों हुई," पूछने लगे। मयंक ने उनको बहाना बताकर टाल दिया, और सबके साथ भोजन करने चले गए। राममोहन की बात पूछने पर मयंक मनोहर ने इधर-उधर की बात मिलाकर लोगों को भुला दिया और दो आदमियों को भोजन करके राममोहन बाबू के डेरे पर जाकर सो जाने का हुक्म दिया।

डॉक्टर बाबू ने उन लोगों के भोजन की खूब तैयारी की थी। सब साथियों ने थाली पोंछकर खा लिया, लेकिन मयंक मनोहर की थाली में बहुत चीज बच रही थीं। सबने यही समझा कि मयंक बाबू कहीं से भोजन करके आए हैं।

खान-पान के बाद सब लोग बैठक में आ गए। अब आपस में तरह-तरह के गप्प होने लगे। मयंक बाबू ने डॉ. बैद्यनाथ की ओर ध्यान देकर देखा तो उनको सदा चिंता में पाया। इस चिंता का कारण पहले तो उनकी समझ

में नहीं आया, लेकिन जब डॉक्टर बाबू रोटी खाने चले गए, तब पाँचकौड़ी बाबू से पूछने पर उन्होंने कहा, "मयंक बाबू! इस बात से आपको कुछ काम नहीं है। जाने दीजिए, न पूछना ही अच्छा था। डॉक्टर साहब ही हैं, जो इतना होने पर इस तरह खड़े हैं, नहीं तो दूसरा कोई होता तो अब तक जीता नहीं रहता।" पाँचकौड़ी की बात सुनकर मयंक मनोहर की घबराहट और बढ़ी। उन्होंने कहा, "क्यों साहब! क्या हुआ है ? कहिए तो ? डॉक्टर साहब का कुछ नुकसान हुआ है क्या ?"

पाँचकौड़ी : "नुकसान क्या ऐसा-वैसा ? बिल्कुल सर्वनाश ही कहना चाहिए।"

मयंक : "तो आप बतलाते क्यों नहीं! मेरे सुनने से कुछ हरज है क्या ?"

पाँचकौड़ी बाबू ने जब देखा कि मयंक मनोहर छोड़नेवाले देवता नहीं है, तब दुःखी होकर कहना शुरू किया, "हरज क्या है साहब, सर्वनाश की बात यह है कि डॉक्टर साहब का एक चौदह बरस का लिखा-पढ़ा सुशील लड़का था, सो पंद्रह दिन हुए मर गया। तभी से वह बहुत उदास रहते हैं।"

मयंक : "ए! अभी पंद्रह दिन हुए हैं, इसपर भी डॉक्टर बाबू हम लोगों का इतना आदर कर रहे हैं ?"

इतने में डॉक्टर बाबू भोजन करके बाहर आए। सब लोग उनको देखकर चुप हो गए। किसी से कुछ बात करते नहीं बना, फिर सब लोग अपने-अपने बिछौने पर सो गए और उनमें से दो आदमी राममोहन बाबू के डेरे को रवाना हुए।

□

पंद्रहवाँ भेद

दूसरे दिन शहर में धूम मच गई कि कई बंगाली कलकत्ते से बनारस की सैर को आए थे। बंगाली टोले के ब्राबू बैद्यनाथ डॉक्टर के यहाँ सबका डेरा था। सो उनमें से एक बंगाली का परसों से पता नहीं चलता। होते-होते थाने तक बात पहुँची। मयंक मनोहर ने थाने में जाकर खबर दी।

झट यह रिपोर्ट पुलिस के बड़े साहब तक पहुँची। मामला भयंकर होने से कलकत्ते की गुप्त पुलिस को तार देकर एक जासूस मँगाया गया। दूसरे ही दिन धम्म से हरेंद्रो बाबू आ पहुँचे।

मयंक मनोहर को थानेदार ने जासूस के सामने करके कहा, "आप जो कुछ हाल है, सब इनसे कह सुनाइए, आपके साथी का पता अगर इनसे नहीं लगेगा तो जानिएगा कि किसी से नहीं लगेगा। आजकल इनके बराबर दूसरा कोई जासूस नहीं है।"

जासूस ने मयंक बाबू के बात करने से पहले ही पूछा, "आपका नाम क्या है?"

मयंक : "मेरा नाम मयंक मनोहर सिंह है।"

जासूस : "आपका मकान?"

मयंक : "मकान कलकत्ते में है।"

जासूस : "क्या छुट्टी में देश घूमने निकले थे?"

मयंक : "हाँ, साहब घूमने आए थे, सो यह आफत आई।"

जासूस : "आप लोग कितने आदमी आए थे?"

मयंक : "सब मिलकर आठ आदमी थे।"

जासूस : "सब लोग कलकत्ते से आए थे?"

मयंक : "नहीं, कई आदमियों से रास्ते में मिताई हुई थी।"

जासूस : "मिताई होने पर आप लोगों ने सबका नाम-गाम जान लिया था?"

मयंक : "हाँ, जान लिया था।"

जासूस : "राममोहन बाबू का मकान मालूम है?"

मयंक : "हाँ, उनका मकान हुगली में है।"

जासूस : "वह भी छुट्टी में घूमने आए थे?"

मयंक : "हाँ।"

जासूस : "अच्छा, विश्वेश्वर के मंदिर में जिस स्त्री से आप लोगों की भेंट हुई थी, उसका हाल बतलाइए क्या है?"

तब मयंक बाबू ने जासूस से उस दिन संध्या समय की सब बात कह डाली और जैसे उसके घर दोनों गए थे, जैसे बात की, जैसे रात को रहने का वादा करके डेरे को गए और फिर जैसे रात को राममोहन बाबू अकेले उसके घर गए, वह सब हाल बयान किया। जासूस ने सब सुनकर कुछ देर तक मन में विचार किया, फिर पूछा, "जब राममोहन बाबू अपने डेरे से बाहर आकर आपसे विदा हुए और आप डॉ. बैद्यनाथ के घर गए, तब से फिर आपकी उनकी भेंट नहीं हुई?"

मयंक : "नहीं, फिर उनको मैंने अभी तक नहीं देखा।"

जासूस : "दूसरे दिन सवेरे आने की बात कहकर गए ये न?"

मयंक : "हाँ!"

जासूस : "आप लोग सवेरे कब तक उनकी राह देखते रहे?"

मयंक : "दस बजे तक तो बहुत चिंता नहीं थी, लेकिन दस बजे के बाद हम लोगों को खटका हुआ। कई जगह ढूँढ़ा, जहाँ-जहाँ संबंध था, सर्वत्र देखा गया, लेकिन अब तक कहीं पता नहीं चला।"

जासूस : "मोहिनी के घर में ढूँढ़ा था?"

मयंक : "हम लोगों को मोहिनी का मकान ही नहीं मिलता। कई बार

विश्वेश्वर के मंदिर से उसका पता लगाने को चले और ढूँढ़कर थक गए, वह मकान ही कहीं दिखलाई नहीं देता।"

जासूस : "इसके बाद आप लोगों ने पुलिस में खबर दी?"

मयंक : "हाँ।"

जासूस : "आप क्या अब कहीं और जाना चाहते हैं?"

मयंक : "लखनऊ, कानपुर, दिल्ली और आगरा देखने का इरादा है।"

जासूस : "और साथी भी आपके संग जाएँगे?"

मयंक : "हाँ, वह लोग भी जाएँगे।"

जासूस : "अच्छा, वह लोग जहाँ जाना चाहें, जा सकते हैं। राममोहन बाबू का पोर्टमेंटो, बैग और जो कुछ माल-असबाब उनका आप लोगों के पास है, उसको पुलिस के सुपुर्द करके एक फेहरिस्त उनके मकान पर हुगली को आप भेज दें।"

मयंक : "फिर?"

जासूस : "फिर हम जो कुछ करेंगे, उसमें आपको कुछ तरद्दुद होगा, क्योंकि अब आप अपने साथियों के साथ नहीं जा सकते। आपको अभी कई दिन यहीं ठहरना होगा।"

इतना सुनने पर मयंक बाबू को कुछ चिंता तो हुई, लेकिन क्या करें, खुद एक जासूस ठहरे, दूसरे एक साथी का पता लग जाए तो बड़ा काम होगा। जब तक राममोहन बाबू का पता नहीं लगे, तब तक दिल्ली, आगरा और कानपुर, लखनऊ की सैर भी फीकी ही रहेगी। इसी से मन में बहुत दुःख नहीं हुआ। चिंता हुई तो इसी बात की कि यहाँ खुशी से छुट्टी में देश घूमकर जी बहलाने आए थे, सो बीच में यह दुःखदायी घटना हो गई। आगे न जानें क्या हो क्या न हो, राममोहन बाबू जीते हैं या नहीं! अगर जानते कि काशी में ऐसी घटना होगी तो पहले ही आगरा, लखनऊ, कानपुर, दिल्ली देखकर तो बनारस आते। इस तरह मयंक मनोहर को सोचते देखकर जासूस ने कहा, "काशी में ऐसी सैकड़ों घटना हुआ करती हैं, पुलिसवालों को उसमें नब्बे की तो खबर नहीं मिलती। अब आप ही देखिए, अगर राममोहन अकेले

होते तो उनका गुम होना किसी को मालूम ही नहीं होता। न किसी को इस घटना का कुछ भेद मिलता।"

मयंक बाबू ने लंबी साँस लेकर कहा, "हे भगवान्! काशी से पुण्यधाम में ऐसी पापलीला मैं पहले नहीं जानता था।" फिर जासूस ने मयंक बाबू को डेरे पर जाकर खानपान करने की आज्ञा दी, आप कुछ देर तक पुलिस के इंस्पेक्टर से बात करते रहे।

□

सोलहवाँ भेद

हरेंद्रो बाबू को कई बार काशी आने का काम पड़ा था। बनारस के घर-घाट, गली-कूचे से पूरे जानकार थे। थाने से चलकर उन्होंने गली-गली छान डाला, लेकिन कहीं राममोहन बाबू का पता नहीं चला। हरेंद्रो बाबू मयंक मनोहर को वेश बदलकर लिये हुए संध्या, सवेरे, दोपहर, मंदिर, देवधाम पार घाट, सर्वत्र घूमकर थक गए, लेकिन कहीं मोहिनी की तरह किसी पापिनी कर पता नहीं लगा।

चार-पाँच दिन इसी तरह बीत गए। इसके बाद मयंक बाबू ने एक दिन जासूस से कहा, "हरेंद्रो बाबू! अब तो हमसे आपका कुछ काम होगा नहीं दीखता। कई दिन से घूमते-घूमते सैकड़ों हजारों स्त्रियों को देखने से मोहिनी के चेहरे की याद भी हमको भूल गई है। अब हम समझते हैं, उसको देखेंगे तो भी पहचान नहीं सकेंगे।"

जासूस : "नहीं, नहीं! यह आपकी भूल है। सबको ऐसा ही जान पड़ता है, लेकिन आप जहाँ उसको देखेंगे, वहीं पहचान जाएँगे।"

मयंक : "अगर ऐसा है तो मैं नहीं कह सकता, क्योंकि आपको इस काम में बहुत कुछ मालूम है।" कई दिन तक जासूस के साथ घूमने से हैरानी के मारे मयंक बाबू का चेहरा उतर गया था।

जासूस ने उनसे कहा, "आप हमारे साथ घूमते-घूमते थक गए हैं। अब दो-चार दिन डॉक्टर बाबू के मकान पर आराम कीजिए। इतना याद रहे कि जब मैं आपको बुलाऊँ, तब आने में देर नहीं करना।"

मयंक : "आप अकेले कैसे उसको ढूँढ़ेंगे? मोहिनी को तो देखकर भी

आप पहचान नहीं सकेंगे।"

मुसकराकर जासूस ने कहा, "अजी अगर चेहरा देखे बिना असामी पकड़ने का शहूर हम लोगों को न हो तो जासूसी क्या करेंगे? आप तो सुनते हैं कि छोटे-मोटे जासूस हैं, फिर ऐसी बात क्यों करते हैं?"

"खैर, बिना कुछ जवाब दिए सलामी दागकर मयंक मनोहर वहाँ से विदा हुए। जासूस भी अपना इधर-उधर देखभाल करने लगे।"

कई दिन के बाद एक दिन जासूस स्टेशन की ओर गया। वहाँ जाकर रेल के फाटक पर देखता क्या है कि बहुत से मुसाफिरों में एक जवान धनी मारबाड़ी घोड़ागाड़ी से उतर रहा है। भीतर की खिड़की से देखने पर एक बंगालिन भी उसमें बैठी हुई दीख पड़ी। मारवाड़ी ने उतरते ही गाड़ी का दरवाजा और खिड़की दोनों बंद कर दिया। जासूस के जी में कुछ खटका हुआ। मारवाड़ी के साथ बंगालिन का क्या काम है? हो न हो, कुछ जरूर दाल में काला है!

मारवाड़ी जब गाड़ी से उतरकर स्टेशन की ओर गया तो मालूम हुआ कि यह टिकट लेने जा रहा है, क्योंकि सीधे वह टिकटघर को चला गया। अभी गाड़ी के छूटने में देर थी। उस गाड़ी के पास जो दो-तीन एक्के खड़े थे, उनके एक्केवान बैठे नींद में लहर ले रहे थे। जासूस ने अचकचाकर मन में कहा कि यह मारवाड़ी बंगालिन को लेकर भागता है या क्या बात है?

□

सत्ररहवाँ भेद

जब मारवाड़ी स्टेशन में चला गया, तब बंगालिन ने धीरे से खिड़की खोली। सामने जासूस की आँख उससे भिड़ गई। बंगालिन ने मुसकराकर जासूस को नयन बाण मारा और हाथ से पास बुलाया। जासूस उसकी आँखों से मोहित होकर तो नहीं, लेकिन उसका हाल जानने के लिए गाड़ी के पास गए। बंगालिन ने बंगला में कहा, "क्यों बाबू, आप तो हमारे देश के जान पड़ते हैं। यहाँ कैसे आए?"

जासूस : "मैं बनारस की सैर को आया था—कानपुर, लखनऊ, दिल्ली और आगरा की ओर घूमने का इरादा है।"

बंगालिन : "यहाँ कहाँ ठहरे हैं?"

जासूस : "एक पुरानी जान-पहचान के आदमी के यहाँ ठहरा हूँ, लेकिन वहाँ जी नहीं लगता। अच्छी जगह ढूँढ़ता हूँ, कहीं मिल जाए तो ठहरूँ।"

बंगालिन : "तो आप मेरे मकान पर चलकर ठहरें।"

कुछ अकचकाकर जासूस ने पूछा, "आपका मकान कैसा? क्या आप यहाँ की रहनेवाली हो?"

बंगालिन : "हाँ, अब तो यहाँ ही की रहनेवाली बनी हूँ। जो इस गाड़ी से उतरकर गए हैं, यह लखनऊ के एक धनी मारवाड़ी हैं, उन्हीं के साथ में अपने घर (कलकत्ते) से बाहर निकल आई हूँ। उन्हीं ने मुझे एक बड़ा मकान लेकर यहाँ रख दिया है। हर शुक्रवार को लखनऊ से यहाँ आया करते हैं और सोमवार को चले जाते हैं। उस मकान के पास ही एक बगीचा और घोड़ा गाड़ीमय पाँच हजार रुपया और सात हजार का गहना उन्होंने हमको दिया है।"

जासूस : "तो आपके मकान पर मैं चलूँ तो यह नाराज नहीं होंगे?"

बंगालिन : "नहीं, नहीं! यह ऐसे आदमी नहीं हैं। देश का कोई आदमी आए और मैं उसको आदर से ले जाकर घर में टिकाऊँ तो वह नाराज नहीं, बल्कि खुश होते हैं। यह समझते हैं कि देश का आदमी आता-जाता रहेगा तो जी नहीं उदासेगा। देखिए, वह आते हैं, आप उनसे बात कीजिए, दो ही एक बात में उनका सीधापन आप समझ लेंगे।"

बंगालिन की इस बात के सुनने पर जासूस ने स्टेशन की ओर देखा तो वही मारवाड़ी आ रहा था। उसको देखकर हरेंद्रो गाड़ी से कुछ हटकर खड़ा हुआ। बंगालिन ने मारवाड़ी से कोई ऐसी बात धीरे से कही, जिसका मतलब जासूस ने कुछ नहीं समझा, लेकिन मारवाड़ी ने उनको पास बुलाकर कहा, "आइए बाबू साहब! आइए! मैं आपका हाल सुनकर बहुत खुश हुआ हूँ। आप चाहें तो मेरे मकान में ठहरे, मुझे बड़ी खुशी होगी। काम की झंझट से मैं यहाँ बहुत कम रहता हूँ। अभी देखिए, मैं लखनऊ जा रहा हूँ। वहाँ एक आदमी के साथ बड़ा भारी मुकदमा हो रहा है। इस बार मैं महीने भर यहाँ नहीं आ सकूँगा। इसी से मैं इरादा न रहते भी लखनऊ लिये जाता था, लेकिन वहाँ जाने से मेरी बदनामी का बड़ा डर है। अगर आप मेरे घर में रहना चाहें तो मैं इनको यहीं छोड़ जाऊँ और वहाँ ले जाने की तकलीफ से बचूँ।"

जासूस : "तो आपके मकान में मैं अकेले रहूँगा?"

मारवाड़ी बोल उठा, "अकेले कैसे? यहाँ हमारे नौकर, नौकरानी, मुहर्रिर, सिपाही सब हैं। काशी में हमको बराबर आना पड़ता है, इसी से मैंने यहाँ सब ठीक कर रखा है। यहाँ से हुंडी, चिट्ठी, माल की खरीद-फरोख्त सब होता है और उसी की देख-रेख को मैं यहाँ आया करता हूँ। इसी से कोई इनके हमारे मेल की बात नहीं जानता। यहाँ के कुछ नौकर हमारा भेद जानते हैं, सो रुपए के गुलाम हैं। चाँदी के तह में सब दबे रहते हैं। वह जान जाने पर भी कहीं किसी से भेद नहीं खोल सकते। आप दया करके मेरे घर पर रहना मंजूर करें तो मेरे ऊपर बड़ा उपकार होगा।"

जासूस : "हमको रहने में तो उज्र नहीं है, लेकिन…"

मारवाड़ी : "लेकिन क्या! आप कुछ खरच-वरच की चिंता न कीजिए, फिर घर की गाड़ी है। नौकर-चाकर सब आपके हुकूम में हाजिर रहेंगे। आप इनके हाथ का बनाया खाएँगे, तब तो आपको रोटी बनाने की तकलीफ भी नहीं होगी। सुंदर बाग के बीच में हवादार बँगला है। सब आपके वास्ते तैयार हैं। आपको काशी के लुच्चे और गुंडे-बदमाशों के हाथ पड़ने का भी कुछ डर नहीं रहेगा। आपको जो आराम और लाभ होगा, सो होगा, हमारा भी बहुत बड़ा उपकार होगा।"

जासूस : "सो तो सही है, लेकिन हम थोड़े दिन के वास्ते घूमने आए हैं। हमारे साथ चार-पाँच आदमी और हैं। उनको छोड़कर तो हम आपके घर अकेले नहीं न चल सकते?"

मारवाड़ी : "तो क्या हरज है! आपने पहले यह बात क्यों नहीं कही, अगर चार-पाँच और साथी है तो चिंता क्या है? कुछ जगह की कमी थोड़े है। सब लोगों को लेकर आप आराम से मेरे घर में रह सकते हैं, वह लोग क्या सभी आपकी तरह सैर करने को आए हैं?"

जासूस : "हाँ, सब घूमने ही के वास्ते आए हैं।"

मारवाड़ी : "अच्छा तो आप इसी गाड़ी में बैठकर 'विनोदिनी' के साथ चले जाइए। मैंने जो इनके वास्ते टिकट लिया है, उसे स्टेशन मास्टर को लौटाकर दाम फेर लूँगा। बस अब क्या था! जासूस राजी हो गए। मारवाड़ी ने उनको गाड़ी में बिठाकर कोचवान से कहा, "अच्छा! सवारी लेकर घर जाए। अब हम जाते हैं।"

मालिक का हुक्म पाकर गाड़ीवान ने रास खींची और हंटर फटकार डील दिया। घोड़े तो हवा से बात करने लगे। गाड़ी में बैठे जासूस ने पूछा, "भला तुम इस मारवाड़ी के कैसे घर से निकल आई?"

विनोदिनी : "कैसे की बात क्या कहूँ? जैसे पापिनी अपने कुल में कलंक लगाकर मुँह पर कालिख देकर निकल जाती है, वैसे ही में भी चली आई!"

□

अठारहवाँ भेद

विनोदिनी के जवाब की सफाई देखकर जासूस ने समझ लिया कि यह स्त्री तो मर्द का भी कान काटनेवाली है। ऐसे कठोर कलेजे की तो मैंने कभी नहीं देखी, फिर मन का भाव मन ही में छिपाकर जासूस ने कहा, "नहीं, मैं यह बात नहीं पूछता। वह मारवाड़ी हैं और तुम बंगालिन हो, फिर दोनों का संग कैसे हुआ, सो ही पूछता हूँ।"

विनोदिनी : "पहले तो मैं बंगाली के साथ घर से बाहर हुई थी। वह हमारे एक नातेदार थे। उन्होंने मुझे जिस मकान में रखा था। उसके पासवाले मकान में एक जयपुर की वेश्या थी, उससे इन मारवाड़ी का प्रेम था। पास मकान होने से वह मेरे यहाँ आने और मैं उसके यहाँ जाने लगी। दिन-रात में हमारा उसका बहुत समय एक साथ कटता था। एक दिन इन्होंने मुझे देखा, इनका मन मोह गया। होते-होते इन्होंने मुझमें अपने मन और मुझे बहुत सा धन और गहने का लोभ दिया, तब मैं लालच में आकर इनके साथ यहीं चली आई। तब से मैं यहीं हूँ।"

जासूस : "इस मारवाड़ी का नाम क्या है ?"

विनोदिनी : "विनोदीलाल नाम है।"

जासूस : "नाम तो बंगाली सा है।"

विनोदिनी : "हाँ, कुछ बंगाली सा है, इनके मालिक कलकत्ते में एक मशहूर व्यापारी थे। वह जीते रहे, तबतक यह छिपकर वेश्या के घर जाया करते थे, लेकिन उनके मरने पर इनका मन बेडर और बेदाब का हो जाने से बहुत बढ़ गया और इन्होंने यहाँ तक उड़ाया कि दिवाला निकल गया।

विनोदीलाल के एक काका देश (लखनऊ) में रहकर कारोबार करते थे। बड़े भाई के मरने पर जब उनको विनोदीलाल की चाल-चलन का हाल मिला, तब वह कलकत्ते गए और उनके कारोबार को सँभालने लायक एक आदमी रखकर विनोदीलाल को उसके तावे कर दिया। विनोदीलाल इस बात से बहुत नाराज हुए और कलकत्ता छोड़कर देश को चले गए। देश में चाचा से मिलकर रहने लगे। चाचा ने भी उनकी बात पसंद की, क्योंकि उनको भरोसा था कि विनोदीलाल उनके सामने रहेंगे, बिगड़ेंगे नहीं।"

जासूस : "काशी की तुम्हारी बात यह नहीं जानते।"

विनोदिनी : "नहीं, यहाँ का हाल भी नहीं जानते, यहाँ का कारोबार भी नहीं जानते। यहाँ जो कुछ भी विनोदीलाल ने कारोबार चला रखा है, वह सब अपने रुपए से, उनके बिना जाने पूछे चलाते हैं। यहाँ जिस नाम से कारोबार चलता है, वह नाम तो बिल्कुल बनावटी है, लेकिन यहाँ के उस कारोबार का सब तरह से मालिक होने पर भी विनोदीलाल ने अपने को एक हिस्सेदार बता रखा है।"

जासूस : "विनोदीलाल ने इस कारोबार को रुपया कहाँ से पाया था ?"

विनोदिनी : "सो बात मत पूछिए, विनोदीलाल हैं बड़े जोड़-तोड़ के आदमी। रोजगार में समझ बड़ी तेज है। बाप के जीते जी कुछ छिपकर और कुछ जाहिर रोजगार करके कमोबेश दो लाख रुपया जमा कर रखा था। उसका हाल विनोदीलाल के बाप कुछ जानते, लेकिन चाचा को कुछ भी खबर नहीं थी। मरती बेर उसके बाप ने वसीयत लिखकर अपने छोटे भाई को सब धन का ट्रस्टी बना दिया और यह भी लिख गए कि उनके जीते-जी विनोदीलाल पिता की संपत्ति के मालिक नहीं हो सकते। इसी से अब विनोदीलाल ने चाचा के नाम नालिश की है। नालिश इसी बात की है कि चाचा से उनका हक अलग होकर उनको मिले।"

विनोदिनी की बात पूरी होते ही गाड़ी उसके मकान पर पहुँची। गाड़ी से उतरकर विनोदिनी आगे और जासूस पीछे, दोनों घर के भीतर चले गए।

□

उन्नीसवाँ भेद

बहुत देर तक इधर-उधर की अनेक बातों के पीछे जासूस ने कहा, "अच्छा, तो अब मैं चलता हूँ। अपना रुपया-पैसा, माल-असबाब और अपने साथियों को ले आऊँ?"

विनोदिनी : "अच्छा जाइए, तब तक मैं आप लोगों के भोजन का इंतजाम करती हूँ।"

विनोदिनी ने जासूस को अपनी ही गाड़ी पर भेजना चाहा, लेकिन आगा-पीछा सोचकर जासूस ने मंजूर नहीं किया। उसके जवाब में कहा, "नहीं, गाड़ी का क्या काम है! बाहर जाते ही एक्के मिलेंगे। घोड़ा अभी थका आया है। उसको फिर ले जाना ठीक नहीं है।"

विनोदिनी : "तो आप भूल तो नहीं जाएँगे?"

जासूस : "नहीं, भूलूँगा नहीं! यहाँ का रास्ता हमारा जाना-पहचाना है। पहले भी हम दो-तीन बार आ चुके हैं।"

विनोदिनी ने इतना सुनने पर जासूस को विदा किया और चलती बार तिरछी आँखों से नयन वाण मारकर मुसकरा दी।

विनोदीलाल की कोठी से बाहर होकर सदर रास्ते पर आते ही जासूस एक्का किराया करके उसी पर बैठ गया।

एक्केवान ने हरेंद्रो बाबू के हुक्म से एकदम कोतवाली के दरवाजे पर जाकर खड़ा किया। भाड़ा देकर जासूस थाने में गया। वहाँ थानेदार से जासूस ने सब बात आदि से कह सुनाईं। सुनकर थानेदार ने पूछा, "तो आप अब समझते हैं कि यह विनोदिनी वही मोहिनी है?"

जासूस : "अभी इस बात में हमको कुछ संदेह है।"

थानेदार : "मयंक बाबू ने मोहिनी का जो रंग-रूप बतलाया, उससे इसका सब मिलता है?"

जासूस : "बहुत सा मिलता है।"

थानेदार : "तो अब हमको क्या कहते हैं? इस शहर में जितने बंगाली पुलिस में हैं, सब को वेश बदलकर मेरे साथ विनोदिनी के घर पर चलना होगा। सबके साथ एक-एक बैग या बक्स (ट्रंक) होना चाहिए और सब लोगों को वहाँ ऐसा रहना और कहना होगा कि सब पूजा की छुट्टी में बनारस, आगरा, कानपुर, लखनऊ, दिल्ली, मेरठ की सैर को आए हैं।"

इतना कहकर जासूस वहाँ से चलने लगे। थानेदार ने पूछा, "तो जाते कहाँ हैं?"

जासूस : "मैं डॉ. बैद्यनाथ के यहाँ जाता हूँ। मयंक मनोहर को भी लाऊँगा।"

मयंक का नाम सुनते ही थानेदार ने कहा, "हाँ, हाँ! एक बात तो मैं आपको बतलाना ही भूल गया। दो दिन से मयंक बाबू का भी पता नहीं लगता।"

जासूस : "तो क्या भाग गया?"

थानेदार : "नहीं, उसका सब माल-असबाब पड़ा है। कल शाम को मेरे पास इसकी इत्तिला आई थी। खोज ढूँढ़ बराबर हो रही है।"

जासूस : "तब तो बड़ा बेढब मामला हुआ। अब उस विनोदिनी को पहचानेगा कौन?"

थानेदार : "वह बात तो हुई है, लेकिन देखिए दो-दो परदेशी शहर में गायब हो गए और हमको कुछ खबर नहीं मिली! ऊपरवाले तो अब हमको खा जाएँगे। आप ही कहिए, हमारे लिए यह कैसी शरम की बात है?"

जासूस : "तब तो अब देर करना नहीं चाहिए। मैं अभी डॉक्टर के मकान पर जाता हूँ।"

इतना कहकर जासूस वहाँ से चलता हुआ। सदर रास्ते पर एक एक्का किराया करके बैठा और उसी पर बंगाली टोले तक चला गया।

□

बीसवाँ भेद

जासूस ने डॉ. बैद्यनाथ के मकान पर पहुँचकर देखा तो सामने ही दालान में डॉक्टर बाबू बैठे थे। अपना नाम-पता बतलाकर जासूस ने डॉक्टर बाबू से चट मतलब की बात पूछी। डॉक्टर बाबू कहने लगे, "कल मैं तीसरे पहर को थाने में गया था। मयंक बाबू के गायब होने की रिपोर्ट लिखवाने के बाद मैं थानेदार से कह आया था कि आप जब आएँ, तभी मुझे मिलें। अब तक आपके आने में बहुत देरी हुई। मैं इससे बहुत घबरा रहा था और आप आ गए, अब सब घबराहट दूर हो गई।"

जासूस ने समझ लिया कि थानेदार ने अपनी बहादुरी जताने के लिए उससे छिपकर पहले आप ही मयंक बाबू की खोज की है, जब कहीं कुछ पता नहीं चला, तब हमसे सब हाल कहा है। डॉक्टर बाबू मुझसे जल्द मिलने की बात कह आए थे, सो भी थानेदार ने मुझसे नहीं कहा। पुलिसवालों का यही आपस का डाह तो उनको खाए जाता है।

इतना मन-ही-मन विचारकर जासूस ने डॉक्टर बाबू से कहा, "बाबू साहब! मैंने जहाँ तक देखा है, पुलिस के लोग जासूसों से बहुत जलते हैं। इंस्पेक्टर और सब इंस्पेक्टर लोग जहाँ तक बन पड़े, जासूस के काम में हरज करते हैं, लेकिन भीतर इतना बैर रखने पर भी बाहर उनको मेल जताना पड़ता है। यह लोग चाहते हैं कि जो काम जासूस करते हैं, वह आप करके नाम और इनाम पाएँ। लेकिन चाहने के साथ बुद्धि और मेहनत से काम न लेकर पैर से काम लेते हैं, इसी से गड्ढे में गिरकर रसातल को जाते हैं। हम यह नहीं कहते कि सब जगह के सभी पुलिस इंस्पेक्टर और सब इंस्पेक्टर ऐसा करते

हैं, लेकिन ऐसा करनेवाले बहुत देखे जाते हैं।"

"खैर, अब जो बीती सो बीती, उसको जाने दीजिए और आगे का हाल सुनिए।" कहकर डॉ. बैद्यनाथ ने जासूस से कहा, "आपने मयंक बाबू को दो-चार दिन आराम करने के वास्ते छुट्टी दी थी, सो आराम करना तो दूर, खाने और थोड़े समय सोने के सिवाय उनको और कभी हम यहाँ नहीं देखते थे। दिन-रात घूमना ही उनका काम था। दो दिन बराबर इसी तरह उन्होंने घूमने में काटा है।"

जासूस : "किस वास्ते वह दो दिन तक बराबर घूमते रहे, सो आपको उन्होंने कुछ बतलाया था?"

डॉक्टर : "हाँ, एक दिन पूछने पर उन्होंने कहा था कि जिस घर में मोहिनी उनको ले गई थी, उसी मकान को ढूँढ़ने के लिए उन्होंने कमर बाँधी थी। राह, घाट, मंदिर, देवधाम, जहाँ तक उनसे बना, उन्होंने ढूँढ़ा, लेकिन कहीं किसी तरह कुछ पता नहीं चला।"

जासूस : "जब वह खाकर बाहर जाते थे, तब आपका कोई सादमी उनके साथ जाता था?"

डॉक्टर : "नहीं, किसी को नहीं ले गए। एक दिन हमने एक आदमी को उनके साथ देना चाहा तो उन्होंने कहा कि कुछ काम नहीं, आपका नाम लेकर कहा कि उनके साथ हम इतना घूम चुके कि सब बड़े-बड़े रास्ते पहचान गए हैं और जहाँ कहीं भूलेंगे भी तो एक्के पर बैठकर बंगाली टोले में जाएँगे, कहते ही एक्कावान पहुँचा देगा, इस बात का उनको पक्का भरोसा था। इसी से जब उन्होंने इनकार किया, तब मैं उनको आदमी नहीं दे सका। नहीं तो वैसे नए आदमी के साथ एक नौकर देना जरूरी था। यह मैं जानता हूँ।"

जासूस : "भला अंत में जब यह आपके यहाँ से भोजन करके गए हैं, तब अपनी, घड़ीं, चेन और हीरे की अँगूठी पहने गए थे या नहीं?"

डॉक्टर : "वह तो हमेशा पहने रहते थे। कभी घड़ी, चेन और अँगूठी उतारते मैंने उनको नहीं देखा। उस बार भी जब वे गए, फिर नहीं आए, तब भी पहने ही गए थे।"

अब तो जासूस और गहरे गड्ढे में गया। पहले राममोहन बाबू की चिंता थी, अब दो-दो आदमी गायब हुए। दोनों का पता लगाने की चिंता कपाल पर चढ़ी। कैसे क्या उपाय करें, कुछ ठीक न कर सके। अथाह जल में तैरते हुए जो काठ का एक टुकड़ा मिला था, उसे भी समुद्र की लहर बहा ले गई, अब क्या करेंगे, चारों ओर लहर में हाथ-पाँव पीटने लगे।

"विनोदिनी ही अगर मोहिनी है तो उसे कौन पहचानेगा और जो पहचाननेवाला मयंक बाबू था, वही मेरी दाहिनी भुजा कट गई। अब क्या करूँ? बिना आधार के सब काम अँधेरे में करना होगा। महाघोर अंधियारी में चोर से महाभारत करना पड़ेगा। भगवान् ही विजय दें, नहीं तो हार तो हुई ही है।" यही मन में विचार कर जासूस डॉक्टर बाबू से विदा होकर थाने में पहुँचा।

थाने में आकर देखा तो वहाँ सब तैयार हैं। तीन बंगाली सब इंस्पेक्टर पुलिस की पोशाक फेंककर खासे शौकीन बंगाली बने बैठे हैं। सबके सामने एक-एक पोर्टमेंटो रखा है। तीनों के हाथ में तीन तरह की लचकदार लपलपाती छड़ी है।

जासूस ने कहा, "खाली पोशाक बदलने से आप लोग नहीं छिप जाएँगे। आइए, मैं अपने हाथ से आप लोगों की सूरत भी बदल दूँ। बिना रूप बदले काम नहीं चलेगा। कपड़ा, जो आप लोगों ने पहना है, वह ठीक है, अब चेहरे को भी बदलना है। आइए, देखिए, मैं जब बदल देता हूँ, तब अपने इंस्पेक्टर साहब के सामने जाइएगा, कभी वह पहचान ले तो बात क्या?"

इतना कहकर उन तीनों को जासूस उस कमरे में ले गया, जो इंस्पेक्टर ने जासूस को चार-छह रोज तक ठहरने के लिए दिया था।

आधे घंटे बाद जब तीनों की मूँछ-दाढ़ी और भौंहें, गाल ठीक करके जासूस बाहर लाया, तब सचमुच उनको किसी ने नहीं पहचाना।

□

इक्कीसवाँ भेद

चार बंगाली पोर्टमेंटो और सफारी बैग सहित विनोदिनी के मकान पर पहुँचे। विनोदिनी ने हरेंद्रो बाबू से पूछा, "आपको आने में इतनी देर हुई, मैं तो बिल्कुल निराश हो चुकी थी।"

हरेंद्रो ने कहा, "नहीं, निराश क्यों होगी! हम लोग तो बहुत देर के आ चुके होते, लेकिन जिनके यहाँ ठहरे थे, वह किसी तरह छोड़ते ही नहीं थे। आज जैसा उन्होंने हम लोगों के आने से अपना दुःख दिखाया, वैसा पहले से हम लोग जानते तो कभी आनेवाले नहीं थे, लेकिन इधर आपको भी हम पक्की बात दे गए थे, दोनों ओर का असमंजस आ पड़ा था। बड़ी कठिनाई से पिंड छुड़ाकर आए हैं।"

"अच्छा, जो हुआ सो हुआ। आप लोग आ तो गए!" कहकर विनोदिनी ने हरेंद्रो के साथियों का नाम पूछा, "हरेंद्रो ने देवीचरन, हरिहर और शिवदास नाम बतलाए। यथासमय भोजन हुआ। बड़ी कचरकूट हुई। बनारस में जहाँ तक खाने की उत्तम वस्तु पाई जा सकती है, वहाँ तक विनोदिनी ने कसर उठा नहीं रखती। बाबू लोग भोजन करके खुश हो गए। उस दिन बाबू लोग कहीं बाहर नहीं गए। संध्या के बाद बाहर की बेला आई। विनोदिनी एक पक्के उस्ताद से तालीम पाती थी। वही उस्ताद उस रात को आ पहुँचे। तब्ला-सारंगी भी लाया गया। मंजीरा-तानपूरा भी जम गया। टुनटुन-टुनटुन करके ध्रुपद का ताल चलने लगा। विनोदिनी भी अपने मधुर कंठ से पिहकने लगी। सुननेवालों का कलेजा पार होने लगा।

रात को ग्यारह बजे मजलिस टूटी। उस्ताद चले गए। बाबू लोग भी भोजन करके सो गए। बाहरवाले खंड में चारों बाबुओं को चार अलग-अलग

कमरे मिले। हर एक में खाट, बिछौना, अलमारी, शीशा, दीवालगीर सब सजा था। घर कैसा था, बनारसी लुटेरों के घर जैसी गोलकधंधारी के होते हैं, उसी को बतलाने के लिए घर का चित्र बना दिया है। मकान के दूसरे महल का चित्र दिया गया है। पूछने पर विनोदिनी ने हरेंद्रो बाबू से कहा, "इसके सिवाय अंदर महल भी है, लेकिन अब वह अंदर महल की तरह नहीं है। विनोदीलाल का कारोबार उसी अंदर महल में होता है। नौकर-चाकर, गुमास्ता, मुहर्रिर सब उसी में रहते हैं। इस मकान के तीनों ओर बगीचा है, लेकिन पश्चिम की ओर सड़क पड़ी है। यह सड़क पहले नहीं थी। दो ही तीन बरस से सड़क होने के कारण पश्चिम ओर की जमीन छूट गई है।

घर का नक्शा

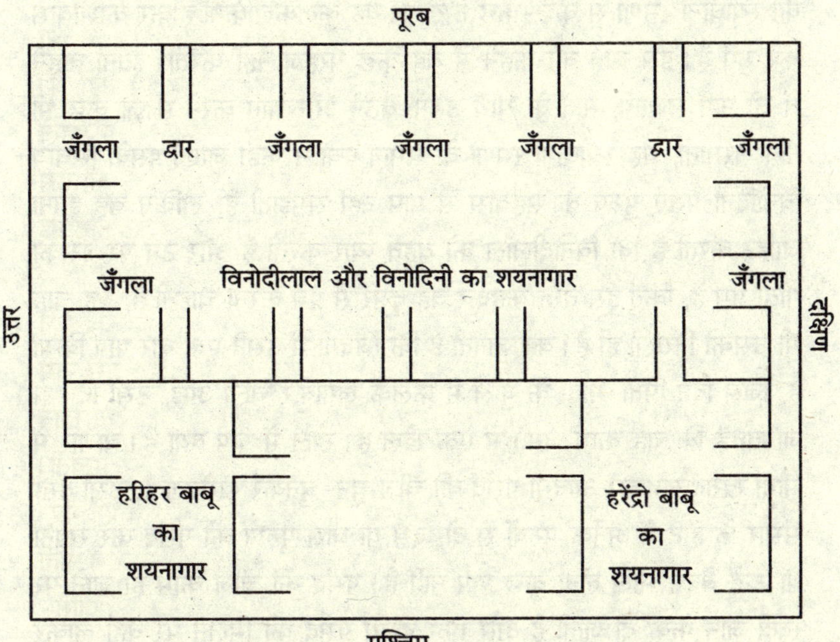

जासूस : "उससे आप लोगों को कुछ लाभ हुआ है ?"

विनोदिनी : "लाभ तो यही कि घर का पश्चिम भाग सड़क पर आ गया है। अब यहाँ के सब लोग पश्चिम की ओर से होकर जाया-आया करते हैं।

पूरब और की धरती या फुलबाड़ी के साथ अब इन लोगों का कुछ संबंध नहीं रहा। अब अंदर महल एक अलग मकान कहने लायक हो गया है।"

चारों बाबू विनोदिनी की सब बात सुन रहे थे, क्योंकि विनोदिनी जब अपने शयनागार की सजावट दिखाने के लिए बाबुओं को वहाँ ले गई थी, तब अपने शयनागार के दोनों ओर (घर की पूर्वी दीवार के उत्तर और दक्षिण कोने) के दोनों दरवाजे खोलकर बोली थी, "इन दरवाज़ों में से किसी एक को खोलकर आदमी अंदर महल को जा सकता है, लेकिन काम नहीं पड़ने से दोनों ही बंद रखे गए हैं। अगर इनको बिल्कुल बंद कर दिया जाए तो भी कुछ हरज नहीं होगा।"

विनोदिनी का बाहरी चरित्र लोगों की नजर में विचित्र होने पर भी आजकल की स्वाधीना रमणी से कुछ-कुछ मिलेगा। यह कुलकलंकिनी होकर काशीवास कर रही है। इस बात को कहने में वह कुछ परहेज नहीं करती। इतना कहने में जो नहीं लजाती, मर्दों के साथ उठने-बैठने और बात करने में जो कुछ भी नहीं शरमाती, यह स्वाधीना रमणी के समान क्यों न कही जाए! इसके सिवाय विनोदिनी पराए पुरुष के सहवास से पाप नहीं समझती है, लेकिन वह इतना जाहिर करती है कि विनोदीलाल को बहुत प्यार करती है और उन पर उसका गाढ़ा प्रेम है, किंतु इस तरह कहकर वह दूसरे से प्रेम करना चाहती है, यह चाह भी उसकी निराली ही है। वह जानती है कि जिंदगी में उसने एक बार पाप किया है, जिस दिन पिता-माता के कुल में कलंक लगाकर चली आई, उसी दिन से जानती है कि वह काम जगत् में एक खेल है। खेल में पाप क्या है। बाजार में सौदा खरीदने जाकर आदमी पसंद की चीज चुन-चुनकर खरीदता है, उसी तरह संसार के हाट में अनेक पुरुषों से दो, दस या बीस पुरुषों को पसंद कर रखना या उन्हें बेदम मोल लेना कुछ पाप नहीं है। पसंद की चीज काम हो जाने पर रद्दी जान फेंक दी जाती है और फिर दूसरी पसंद की मिलने पर वहाँ लाकर रखी जाती है, इसमें कुछ पाप नहीं है, वैसे ही एक पुरुष छोड़कर दूसरे पुरुष के ग्रहण में भी पाप छू नहीं सकता। पाप जो होना है, सो पहले ही हो चुका है।

□

बाईसवाँ भेद

नई जगह में सोने से जल्दी नींद नहीं आती। हरेंद्रो बाबू को भी नींद नहीं आई। चुपचाप बिछौने पर पड़े थे कि इतने में किसी की आहट मिली। मालूम हुआ किसी ने दरवाजा खोला। कान देकर सुना तो पास के किसी कमरे का दरवाजा खोलने की आहट मिली। इतनी रात को कौन कहाँ से आया? यही जानने के लिए खूब कान धरकर सुनने लगे।

हरेंद्रो बाबू को मालूम हुआ कि कोई दो आदमी आपस में बात कर रहे हैं। धीरे-धीरे बिछौने से उठकर घर के बाहर हुए और चट देवीचरण के कमरे में पहुँचकर देखते हैं तो खूब नींद में नाक बजा रहे है। चुपचाप वहाँ से लौटकर हरिहर बाबू और शिवदास बाबू के कमरे में गए, उनको भी गाढ़ी नींद में सोता पाया। अब क्या करें? सब सोते हैं। अकेले हरेंद्रो जागकर क्या कर सकेंगे? सभी बेखबर पड़े हैं, मैं ही क्यों खबरदार हो रहा हूँ?

यही मन में विचारते हरेंद्रो बाबू को एक बात याद आई। सोते समय दरवाजा बंद करने को जो उठे थे तो भीतर से बंद करने को डंडा या सापट कुछ भी नहीं थी। शिवदास, हरिहर और देवीचरण सब का घर देख आए, मालूम हुआ कि कमरे में भीतर से बंद करने को हुक या डंडा कुछ नहीं है।

विनोदिनी के दरवाजे पर कान लगाकर सुनते हैं तो मालूम हुआ भीतर किसी से बात कर रही है। अब हरेंद्रो ने समझा कि पहले जो दरवाजा खुलने का आहट मिला था तो विनोदिनी का ही खुला था।

फिर कान लगाने पर सुनाई दिया, एक आदमी कहता है, "तुमने 3 नंबरवाले को ठंडा कर दिया?"

विनोदिनी : "सो तो कर चुकी हूँ, लेकिन चार नंबरवाले को ठंडा करने का ढंग नहीं है। यह अभी तक करवट बदलता है। इससे मालूम हुआ कि जागता है।"

आवाज से मालूम हुआ कि पूछनेवाला मर्द है। विनोदिनी की बात सुनकर उसने फिर कहा, "अच्छा, पहले इन तीनों के बैग में देख लिया जाए कि क्या है, फिर पीछे चौथे को ठंडा करेंगे।"

विनोदिनी : "नहीं, नहीं! अभी पोर्टमेंटो में हाथ देने का कुछ काम नहीं है। क्या जाने दूसरी चाभी से पोर्टमेंटो का ताला खोलने या तोड़ने की आवाज चौथे ने सुन ली तो सब चतुराई और चालाकी मिट्टी में मिल जाएगी। यह तीनों अब हमारे हाथ ही में हैं, कहीं जाते हैं थोड़े। अभी पहले सब काम पूरा करके तब पोर्टमेंटो पर हाथ लगाना चाहिए।"

मर्द : "अरे है तो एक ही न ? अगर चिल्लाएगा, तब भी कोई सुननेवाला नहीं है। इसी से तो हमने सुनसान खंड में मकान भाड़ा लिया है। अगर अभी भी हम चलकर उस पर चढ़ बैठें और तुम क्लोरोफार्म उसकी नाक पर रख दो तो बहुत होगा दो-एक बार छटपटायगा या चिल्लाकर बेहोश हो जाएगा, फिर तो कोई हम लोगों का हाथ पकड़नेवाला नहीं है।"

विनोदिनी : "अच्छा ठहरो, मैं देख आऊँ, अभी भी जागता है या सो गया ?"

मर्द : "क्लोरोफार्म का रुमाल भी लेती जाओ। अगर सोता हो तो एकदम काम पूरा ही करती आवो। तब तक मैं अंदर महल में जाकर देख आता हूँ कि गड्ढा कितना खोदा गया है, तीन-चार मुर्दों के डालने भर हो गया या नहीं ?"

विनोदिनी : "भला उन दोनों का हाल कैसा है ?"

मर्द : "वह तो अब-तब की हालत में हैं। मंगला वहीं उनके सिर पर बैठी है। जहाँ वह करवट लेंगे कि क्लोरोफार्म की रुमाल नाक पर डालकर बेखबर कर देगी।"

विनोदिनी : "सुनो, तो अगर कोई यहाँ आकर घर तलाशी करे ?"

मर्द : "वाह ! तलाशी कौन करेगा ? किसी को कुछ पता थोड़े लगेगा ?

यह मयंक ही तो जो कुछ था, सो था। अब वह भी सड़ रहा है, तब कौन बचा है, जो तलाशी करावेगा? इसके सिवाय ताला बंद करके भाड़ा दिया जाएगा, लिखकर जब घटकाया है, तब किसको संदेह हो सकता है?"

अब तो मयंक का नाम सुनते ही जासूस हरेंद्रो का रहा-सहा संदेह दूर हो गया। खूब समझ लिया कि विनोदिनी और मोहिनी एक ही है। विनोदिनी कोई और नहीं वही देवर विलासिनी मोहिनी, विश्वेश्वर मंदिर की नयन बाण बेधिनी पापिनी है। ज्ञात पड़ता है मोहिनी ने राममोहन और मयंक बाबू से जो बगीचावाले मकान का हाल कहा था, वही यह मकान है और भीतर जो मर्द बोलता है, वह विनोदीलाल है।"

जो हो, किंतु इतना सब जान-समझकर बहादुर जासूस हरेंद्रो बाबू को कुछ भी भय नहीं हुआ। जिसने कलकत्ते के बड़े-बड़े भयंकर डाकुओं का सिर कलम किया, जिसने अपने बाहुबल से नरपिशाच प्रताप जैसे डाकूराज का प्रताप खर्व किया, वह ऐसी कादंरिनी पापिनी से क्या डरेगा? कमर कसकर, अधिक प्रसन्न मन से इस चंडालिनी का चक्र तोड़ने का उपाय सोचने लगा।

□

तेईसवाँ भेद

इसी समय विनोदिनी हाथ में रुमाल लिये अपने कमरे से निकली। जासूस आड़ में खड़ा हो गया।

जब पापिनी आगे बढ़ गई, तब जासूस ने धीरे-धीरे चलकर उसका पीछा किया।

विनोदिनी जब हरेंद्रो के कमरे में गई। बिछौने पर हरेंद्रो बाबू को न देखकर बहुत अकचकाई। विनोदिनी को काठ मार गया। कुछ सेकेंड तक ठिठककर ज्योंही पीछे लौटना चाहती है कि हरेंद्रो बाबू ने भूखे बाघ की तरह कूदकर उसका एक हाथ से गला पकड़ा, दूसरे से उसके हाथ की क्लोरोफार्म वाली रुमाल उसके मुँह पर धरकर ऐसा दबाया कि बोल न सकी, न उससे चिल्लाते ही बना। क्लोरोफार्म के बल से तुरंत बेहोश हो गई, फिर उसी रुमाल को लेकर हरेंद्रो बाबू विनोदीलाल को ढूँढ़ते हुए उसके शयनागार में पहुँचे, लेकिन वहाँ विनोदीलाल नहीं मिला। तब झट हरेंद्रो उतरकर नीचे सदर सड़क पर आए। पहले से ही जासूस ने थानेदार को उस घर के चारों ओर वेश बदले हुए सिपाही खड़े रखने को कह रखा था। हरेंद्रो बाबू ने देखा तो सिपाहियों के साथ खुद थानेदार भी वेश बदले हुए खड़े हैं।

हरेंद्रो ने थानेदार (इंस्पेक्टर या कोतवाल) से सब हाल कहा। उन्होंने झट सीटी दी। तुरंत सब सिपाही बनावटी पोशाक उतारकर अपनी वरदी डाले घर को घेरकर खड़े हो गए। एक पहरेवाला, दो दारोगा और प्रधान इंस्पेक्टर सहित जासूस फिर उस मकान के भीतर गया। विनोदीलाल ने पकड़े जाने की बात समझकर अपने साथियों के साथ भागने की बहुत तदबीर की, लेकिन पुलिस

ने ऐसा घेर रखा था कि जिधर से भागे, उधर ही पकड़े गए। तो भी सहज ही नहीं पकड़े गए, कितने सिपाहियों की वरदी फटी, कितने की उँगली कटी, कितने घायल हुए, क्योंकि विनोदीलाल अपने साथियों सहित छुरी लिये भागा था। कुशल हुआ कि जासूस को कुछ चोट नहीं लगी।

□

चौबीसवाँ भेद

विनोदिनी को लिये हुए जासूस, प्रधान इंस्पेक्टर और तीन पहरेवालों के साथ बाहर हुआ। इधर गड़बड़ में अस्तबल से सईस और कोचवान भाग गए थे। पहरेवालों ने ही घोड़े पर साज रखकर बग्घी कसा के तैयार की। उसी पर विनोदिनी को सवार किया गया। दो पहरेवाले पीछे बैठे, एक कोचवान बनकर गाड़ी हाँकनेवाले की जगह बैठा।

इसके बाद जहाँ 'मकान भाड़ा पर दिया जाएगा' लिखा था, उसका ताला तोड़कर जासूस भीतर गया, वहाँ मंगला दासी, ब्राह्मण और बेहरा तीनों भागते हुए पकड़े गए। जान बचा देने पर मंगला सब भेद कहने पर राजी हो गई।

तीसरे महल के पास ही पास वाले दो कमरों में राममोहन और मयंक बाबू की देह मिली। राममोहन की तो जान निकल गई थी, किंतु मयंक बाबू मरे नहीं थे, अधमरे हो रहे थे। उनको अस्पताल में ले जाने पर सरकारी सिविल सर्जन ने दवा दी। चार दिन के बद तो उनकी आँख खुली, फिर धीरे-धीरे होश में आए। दो-तीन दिन पीछे बिल्कुल आराम से हो गए।

जब मयंक बाबू बिल्कुल आराम से हो गए, तब जासूस ने पूछा कि "आप कैसे फँसे थे, सो तो कहिए? हमने तो आपको आराम करने के लिए छुटटी दी थी न!"

मयंक : "आपने तो आराम करने को छुट्टी दी, लेकिन हमारे भाग्य में वह कहाँ था! डेरे पर पहुँचते ही मोहिनी का मकान ढूँढ़ने की जो सनक चढ़ी, तो लगा मैं बनारस की गली-गली छानने! दूसरे दिन मैं चौड़ी सड़क से जा

रहा था, एक सीधा-सादा आदमी तार का बंद लिफाफा लिये रोता हुआ मेरे सामने आया और मेरे पाँव पर गिर पड़ा, मैंने हाल पूछा तो कहा, "यह तार आप पढ़कर मेरी माँ को सुना दीजिए तो बड़ा धरम होगा।"

मैंने पूछा, "तेरी माँ कहाँ है ?"

उसने कहा, 'यहीं सामने के आँगन में है।' सचमुच सामने के आँगन में मैं गया तो एक बुढ़िया, जिसके बत्तीसो दाँत गिर गए थे, आँसू बहाती खड़ी देखी। मुझे देखते ही वह भी तार पढ़ने के लिए गिड़गिड़ाने लगी। मैं दया कर आँगन में आगे बढ़ चला गया। दरवाजे से तनक आड़ में जाकर सिर झुकाए मैं पढ़ रहा था कि पीछे से किसी में मेरी नाक में कपड़े ठूँस दिए और मुँह को भी एक दूसरे आदमी ने इतना जोर से पकड़ा कि मैं बोल नहीं सका। फिर तो मैं जानता नहीं कि क्या हुआ ?

जासूस : "तो खैर, आप तभी से पकड़े गए, लेकिन आपकी भी कैसी मति मारी गई! एक बार चिट्ठी ही पढ़ने के धोखे में साथी राममोहन बाबू को खो चुके थे, फिर तार पढ़ने के उपकार में जाकर फँस गए ?"

मयंक : "कुछ पूछिए मत, होनहार हृदय बसे, बिसर जए सब सुद्धि। जैसी होत होतव्यता, वैसी उपजत बुद्धि। बस वही बात हुई थी।"

•

अदालत में यह साबित हुआ कि विनोदीलाल मारवाड़ी नहीं कोई कलकत्ते से भागा हुआ बंगाली कैदी है। विनोदिनी किसी वेश्या की लड़की है। बाकी सब बात झूठी हैं।

सेशन से विनोदिनी और विनोदीलाल को जिंदगी भर कालापानी की कैद हुई और उनके साथियों को उनके अपराध के अनुसार एक से सात वर्ष तक कठिन परिश्रम से जेल का हुक्म हुआ। मयंक बाबू ने दिल्ली, आगरा देखने का इरादा छोड़ दिया और उसी दम हरेंद्रो बाबू के साथ कलकत्ते को लौट गए। जासूस हरेंद्रो अब दूसरे मुकदमे में लगे।

बहुत से लोगों को बनारस जाने का काम पड़ता है, उनको चाहिए कि इन चांडाल चोरों और बदमाशों से बचे रहें, किसी से बिना जाँचे-बूझे मेल-मिलाप न कर लें, न किसी की बात में आवें।

□

कोचवान का खून

"चोरी काहे को खासी दिल्लगी ठहरी। न कोई ऐसी चीज ही गई, न चोरी ही का कुछ पता चलता है!"

"कुछ पता नहीं है ?"

"नहीं साहब! न कुछ पता है, न पता लगाने की कोशिश है। पांडेजी ने भी कुछ वैसा मामला न समझकर पता लगाने के वास्ते कोतवाल को वैसी ताकीद नहीं की।"

मुहम्मद सरवर जबलपुर में एक बहुत बड़े नामी पुलिस इंस्पेक्टर हैं। मध्य प्रदेश में वहाँ जासूस नहीं हैं, जिस किसी जटिल खाान या चोरी के मामले में अपराधी का पता साधारण ढंग से नहीं चलता, उसमें पुलिस ही के चतुर लोग खुफिया (जासूसी) तौर से तैनात किए जाते हैं और कुछ सब-इंस्पेक्टर या इंस्पेक्टर ऐसे हैं जो खुद मामलों की तहकीकात वेष बदलकर करते और जासूसी ढंग से अपराधियों को पकड़कर ऑफिसरों से नाम और इनाम पाते हैं। मुहम्मद सरवर को इस तरह के काम में बड़ी दिलचस्पी थी।

जिन दिनों मध्य देश में ताँतिया भील नादिरशाही मचाए हुए था और उसके डर से उधर के राजा रईस और उमराव थर-थर काँपते थे, सरकारी पुलिस पर भी जिसकी गिरफ्तारी के लिए ताकीद की ठेलमठेल थी मोहम्मद सरवर उस दिनों उसी ताँतिया का पता लगाने के वास्ते नियत थे। जबलपुर से खंडवा और मनमार तक उनको गश्त करना होता था। उसी गश्त में चोट खाकर वह दवा कराने के वास्ते जबलपुर आए थे। तकलीफ दूर हो चुकी,

कमजोरी भर रह गई थी। सवेरे-शाम टहलने के वास्ते निकलकर अपने मित्र रामचंद्र डॉक्टर के यहाँ जाया करते थे। और वहाँ से दोनों साथ होकर बालाजी केलकर के यहाँ पहुँचते थे। बालाजी पहले डिपटी कलक्टर (जिनको वहाँ एक्स्ट्रा असिस्टेंट कमिश्नर कहते हैं) रहे थे अब पेंशन लेकर जबलपुर ही में रहते थे।

एक दिन सवेरे बालाजी की बैठक में मोहम्मद सरवर और डॉक्टर रामचंद्र बैठे थे, भीतर से खबर पाकर बालाजी भी आए। उन्होंने मुहम्मद सरवर से ऊपर लिखी बातें की थीं। रामचंद्र ने पहले ही इस खबर को सुनकर पूछा, "कौन, पांडेजी के यहाँ चोरी हो गई है! सेठजीवाले पांड़े?"

सु.स., "हाँ भाई! तुमको अभी कुछ वसंत की खबर ही नहीं है।"

रा., "लो और बना। मुझे समझ लो कि उन बातों की क्या खबर है! समझे कि जबसे तुम यहाँ से गए समझो कि मैंने पुलिसवालों से एकदम मिलना छोड़ ही दिया समझ लो कि। भला यह तो कहो क्या-क्या चोरी हो गया है?"

बाला, "अजी चोरी-वोरी कुछ नहीं गई चोर बैठक में घुस आए थे सो भी किसी को कुछ खबर नहीं जब पांड़ेजी बैठक में गए तो सब सामान इधर-उधर किया हुआ देखा। अलमारी का ताला टूटा मिला। किताब सब बिखरी पड़ी थीं। बक्स खुला था लेकिन गया-वया कुछ नहीं। सुनते हैं आई हुए चिट्ठियों के कुछ रद्दी लिफाफे नहीं मिले, जिसपर रखकर लिखते-पढ़ते हैं वह पैड नहीं है और गीता की एक किताब नहीं मिलती बाकी सब ज्यों-का-त्यों है।"

राम., "क्या खूब अच्छी चोरी हुई समझो कि।"

मु.स., "नहीं यार इसमें कुछ भेद है जरूर पुलिस को उसकी बड़ी खबरदारी से जाँच करनी चाहिए। मुझे तो बड़ा गहरा मामला मालूम होता है।"

राम., "तुमको तो भाई रात-दिन इसी खोज पूछ में बीतते हैं। समझ लो कि इसमें गहरा तुमको न मालूम होगा तो होगा किसको? समझ लो कि रात दिन इसी छानबीन में तो फिरते हो समझ लो कि।"

बा., "लेकिन मोहम्मद सरवर! तुम अभी बहुत कमजोर हो, ऐसे मामले में मगज दौड़ाना ठीक न होगा।"

इतने में खिदमतगार बिठोवा ने आकर खबर दी कि चाय तैयार है। बालाजी ने तीन प्यालों में लाने का हुक्म दिया। नौकर ने तीन प्यालों में चाय लाकर भीतर बैठक में सजा दिया, तीनों सामनेवाली मेज पर गए। जब तीनों सुरसुर पीने लगे, बिठोवा ने कहा, "हुजूर आज तो एक खून हो गया।"

बा., "अरे खून! कहाँ हुआ कहाँ! किसका!"

बिठोवा, "खजानची किशनलाल के मकान में हुआ है। मेड़ई कोचवान का।"

बा., "कैसे खून हुआ किसने किया कुछ मालूम है!"

बि., "हाँ सुने हैं चोर पिछवाड़े की खिड़की से बैठक में घुसा था। मेड़इया आहट पाकर वहाँ पहुँचा, आखिर मालिक के धन बचाने में बेचारे की जान गई।"

बा. "कब, कब!"

बि., "आज ही रात को बारह बजे की बात है।"

बा, "अच्छा अभी खजानची के मकान पर चलना चाहिए। देखें क्या बात है। खजानचीजी को चाहिए कि जैसे बने खूनी को सजा दिलावें। अफसोस मुहम्मद सरबर इस घड़ी तुम कमजोर हो। मेड़इया बड़ा पुराना नौकर था। मैं तो समझता हूँ यह उसी का काम है जिसने पांडेजी के यहाँ चोरी की है।"

मु.स.—"कौन किताब और लिफाफा चुरानेवाला?"

बाला.—"हाँ, हाँ।"

मु.स.—"हाँ साहब, मैं तो पहले ही से समझे बैठा हूँ कि इस चोरी में जरूर कुछ भेद है।"

बा.—"समझना क्या, जरूर यह काम किसी जानिबकार का है। अगर बाहर का चोर आता तो कुछ माल ले जाता कि लिफाफा-किताब चुराता?"

रा.चं.—"और क्या वैसे धनी के घर से समझ लो कि रद्दी लिफाफे

चुरावेगा ?"

बा.—"धनी क्या खाक हैं! अब तो पांडेजी से मुकदमेबाजी करके तबाह हो गए हैं। दोनों ने साझे में कुछ जमीन ली थी। खजानची का लड़का उसी को अकेले खाए लेता है। वकील बेरिस्टरों ने तो उनका बाल-बाल बीन डाला है।"

उतने में दरबान ने थानेदार के आने की खबर दी। बालाजी ने भीतर बुलाया। थानेदार बिंदा प्रसाद भीतर आए और साहब सलाम करके आदर के आसन पर विराजमान हुए!

बैठते ही बिंदा प्रसाद ने बालाजी से पूछा, "सुना आपके यहाँ मुहम्मद सरवर साहब तशरीफ रखते हैं ?"

इतना सुनते ही उन्होंने इशारे से दिखा दिया। थानेदार ने मोहम्मद सरवर से कहा, "आपको कुछ तकलीफ देना चाहता हूँ।"

मु.स.—"मैं भी तैयार बैठा हूँ। अभी उसी मामले की बातें हो रही थीं कि आप आ गए। कहिए क्या-क्या देख आए ? पांडेजी की चोरी का तो कुछ पता ही नहीं चला न ?"

बिंदा—"हाँ, उसका तो पता नहीं है, लेकिन इसमें पता लगने का बहुत भरोसा है। मेरी समझ में दोनों काम एक ही आदमी का है। यहाँ तो अपराधी भागता हुआ देखा गया है!"

मु.स.—"ऐं!"

बिंदा.—"जी हाँ, लेकिन बेचारे कोचवान को मारकर इतना जल्दी भागा कि कोई अच्छी तरह नहीं देख पाया। किशन लाल ने तो अपने सोने के कमरे से देखा था और उनके लड़के रंगलाल ने पिछवाड़ेवाले जीने की कोठरी से देखा था। जब शोरगुल हुआ तब पौने बारह बजे थे। किशनलाल सोने जा रहे थे और रंगलाल अपने कमरे में बैठा हुक्का पी रहा था। उन दोनों ने मड़ई का चिल्लाना सुना था। रंगलाल हाल जानने के वास्ते फौरन नीचे उतर आया। उसने जीने से नीचे उतरने पर दो आदमियों को लड़ते हुए देखा। एक ने

अपनी पिस्तौल चलाई, दूसरा धरती पर गिरकर छटपटाने लगा। बस फायर करनेवाला घोरान की दीवार टपकर भाग गया।

किशनलाल ने उसे सड़क पर जाते हुए देखा था, लेकिन बहुत जल्द अँधेरे में वह गायब हो गया। रंगलाल गिरे हुए की मदद को दौड़ा तो उसे मरा हुआ पाया। खूनी इतना जल्दी भाग गया कि छोटे कद का नाटा आदमी था, सिर से पाँव तक काले कपड़े से ढका था, इसके सिवाय यह दोनों देखनेवाले और कुछ नहीं बतला सकते। हम लोग तो उसको पकड़ने की कोशिश कर रहे हैं और भरोसा है, जल्दी गिरफ्तार कर लेंगे।"

मु.स.—"तो मड़इया वहाँ करता क्या था? मरती बेर उसने कुछ कहा नहीं?"

बिंदा—"कुछ नहीं कहा साहब! वह तो अपनी माँ के साथ उसी पिछवाड़ेवाले घर में रहता था। मैं समझता हूँ, कोचवान खजानची का बड़ा भला चाहनेवाला था। वह मकान देखने आया, क्योंकि कल पांड़ेजी के यहाँ चोरी होने से सब खबरदार हो गए थे। खिड़की तोड़ के चोर जब भीतर आया तब मड़इया वहाँ पहुँचा जान पड़ता है।"

मु.स.—"अच्छा मड़इया जाती बेर अपनी माँ से कुछ कहकर गया था?"

बिंदा—"वह बुढ़िया तो बज्र बहरी है और बेटे के मरने से बेतरह बदहवासी में क्या बतलावेगी। लेकिन एक चीज अलबत्ते मुझे काम की हाथ लगी है। यह लीजिए।"

इतना कहते हुए दारोगा बिंदा प्रसाद ने अपनी पॉकेट बुक से कागज का एक छोटा सा फटा हुआ कोना निकालकर दिया। कहा, "यह लाश के हाथ में पाया गया है। जान पड़ता है, यह किसी बड़े परचे का टुकड़ा है। देखिए, इस पर जो टाइम लिखा है, बेचारा कोचवान ठीक उसी समय मारा गया जान पड़ता है। या तो यह मड़इया ने खूनी के हाथ का कागज छीनते में पाया है या लाश के हाथ से छीनने में खूनी के छीनते समय रह गया है। किसी-न-किसी

से मिलने के वास्ते यह परचा लिखा था।"

मोहम्मद सरवर ने दारोगा के हाथ से परचा लेकर पढ़ा। उसमें यों लिखा था—

पौने बारह बजे के करीब बगल में मिलोगे, जिससे तुमको कहना।

दारोगा ने कहा, "जान पड़ता है, मड़इया पुराना नौकर होकर भी चोरों से मिला था। उसी ने चोरों को बुलाया हो और बाँट बखरे के वास्ते झगड़ा हो जाने से खून की नौबत आई हो तो अचरज की बात नहीं है।"

मोहम्मद सरवर कागज को इसी तरह घूर रहे थे मानो अक्षर मात्रा सब निगल जाएँगे। फिर उसी की ओर देखते हुए बोले, "यह लिखावट बड़ी विचित्र है। मैंने जितना अटकल किया था, मामला उससे कहीं गहरा है। आपका यह कहना भी ठीक हो सकता है कि किसी से मिलने के वास्ते यह परचा लिखा गया है। लेकिन इसके अक्षरों में..."

इतना कहकर मोहम्मद सरवर ने सिर नीचे कर लिया और चुपचाप कुछ देर तक सोचते रहे।

जब उन्होंने सिर उठाया तब चेहरे पर पीलापन दौड़ गया था, आँखें लाल थीं। ललाट की लकीरों से रेखागणित के पहले अध्याय की तीसवीं शक्ल बन रही थी। झट खड़े होकर दारोगा बिंदा प्रसाद से बोले, "दारोगा साहब! मैं इसी दम उस जगह को देखना चाहता हूँ। यह घटना बड़ी गहरी है।"

"डिप्टी साहब! आप और डॉक्टर साहब यहीं ठहरें, मैं दारोगाजी के साथ आधे घंटे में लौटता हूँ। जरा अपने मन के संदेह दूर कर आऊँ।" बालाजी से इतना कहकर मुहम्मद सरवर दारोगा के साथ चलते बने। कोई डेढ़ घंटे पर दारोगाजी अकेले लौटकर डिप्टी साहब से बोले, "वह आप दोनों साहबों को भी बुलाते हैं। उनका इरादा है कि हम चारों आदमी एक साथ ही खजानचीजी से बात करें।"

बाला—"क्यों, क्यों! क्या हुआ?"

बिंदा—"क्यों की बात तो मैं नहीं समझता, जान पड़ता है, उन्हें कमजोरी

बढ़ रही है। मुझे भी कुछ अंट-शंट कह डाले हैं।"

राम., "जी नहीं जनाब! समझो कि आप अभी दारोगागीरी कीजिए। जासूसों के पागलपन में भी कुछ भेद होता है। मैं जितना उनको समझता हूँ, उतना आप नहीं समझेंगे, समझो कि।"

"खैर, चलिए" कहकर बालाजी उठे। डॉक्टर भी खड़े हो गए और तीनों आदमी एक साथ खजानचीजी के मकान की ओर चले।

पास पहुँचने पर तीनों ने देखा कि मोहम्मद सरवर खजानची के मकान के पासवाली गली की एक-एक चीज पर गिद्ध की निगाह से देखते हुए घूम रहे हैं।

इन लोगों को देखकर मोहम्मद सरवर बोले, "आइए साहब! मैं तो जितना ही भीतर आता हूँ, मामले को उतना ही गहरा पाता हूँ।"

बाला., "क्यों, कुछ पता चला है ?"

सु.स., "हाँ, मैं दारोगा साहब के साथ मौका तो एक बाद देख आया हूँ। वहाँ कई भेद की बातें मिली हैं। पहली बात तो लाश को देखने से मालूम हुआ कि वह जरूर गोली से मारा गया है।"

बाला., "तो क्या आपको इसमें भी संदेह था ?"

मु.स., "नहीं, जाँच ली गई तो कुछ हरज नहीं हुआ। मुझे बहुत सी बातों का पता भी चल गया। मैं किशनलाल और रंगलाल से भी मिल आया। उन्होंने ठीक वह जगह बतलाई जहाँ से होकर खूनी दीवार टपकर भाग गया। इससे मेरा बड़ा काम निकलेगा।"

राम., "जरूर, जरूर! समझो कि।"

मु.स., "मैं मड़इया की माँ से भी मिला था, लेकिन उससे कुछ मतलब की बात नहीं मिली।"

बाला., खैर, तो आपकी जाँच का कुछ नतीजा भी निकला ?"

मु.स., "हाँ, यही कि घटना बड़ी विचित्र है। मामला पेच का है। अबकी उनसे मिलने पर बहुत कुछ पता चलेगा। वह टुकड़ा, जिसमें मानो मड़इया के

मरने का समय लिखा है, मेरे लिए बड़े मतलब का होगा। क्यों दारोगाजी ?"

बिंदा, "जी हाँ! मैं तो उसी को पक्का सबूत समझता हूँ।"

मु.स., "जरूर-जरूर! पर्चा लिखनेवाले ही के कहने से मड़इया उस समय चारपाई से उठकर वहाँ पहुँचा है, लेकिन उसका बड़ा टुकड़ा कहाँ गया ?"

बिंदा, "मैंने तो उसे बहुत ढूँढ़ा, कहीं पता नहीं चला।"

मु.स., "वह कागज जरूर लाश के हाथ से छीना गया, लेकिन उसके छीनने की जरूरत इतनी ही हो सकती है कि खूनी का अपराध उससे साबित होता था। इसी कारण उसने उसे छीन लिया और जरूर उसने टुकड़े को जेब में रख लिया होगा। बाकी टुकड़ा मिल जाने पर मेरा मतलब पूरा हो जाएगा।"

बाला, "लेकिन अपराधी को गिरफ्तार किए बिना उसकी जेब तक पहुँच कैसे सकेंगे ?"

मु.स., "सो तो ठीक है। लेकिन परचा मड़इया के पास भेज गया था जरूर। और यह भी साफ है कि परचा लिखनेवाला खुद लेकर नहीं आया, क्योंकि वह आता तो जबानी कह सकता था। परचा लिखने का जब काम पड़ा तब जरूर उसको लानेवाला कोई दूसरा है। यह भी हो सकता है कि वह डाक से आया हो।"

बिंदा., "मैंने डाकघर से पता लगाया है, वहाँ से हाल मिला है कि कल एक लिफाफा मड़इया के नाम आया था, लेकिन लिफाफा नहीं मिला, उसको उसने फाड़ डाला था।"

मुहम्मद सरवर ने दारोगा का हाथ पकड़कर कहा, "शाबाश! दारोगा साहब, शाबाश! आपने डाकघर से खबर मँगा ली, बहुत अच्छा किया। मुझे आपकी इस बुद्धिमानी से बड़ी खुशी हुई।"

बात करते-करते चारों मड़इया की कोठरी में पहुँचे। सरवर ने कहा, "देखिए, यहीं वह अभागा रहता था।"

चारों बात करते हुए वहाँ पहुँचे जहाँ से खूनी घुसा और दीवार टपकर

भागा था। पिछवाड़े की खिड़की पर एक सिपाही खड़ा था। उसने मोहम्मद सरवर के कहने से किवाड़ खोल दिए।

मोहम्मद सरवर ने डिप्टी साहब से कहा, "देखिए, रंगलाल ने यहाँ जीने पर से खड़े-खड़े दोनों को लड़ते देखा था।" कहते हुए भीतर गए।

मोहम्मद सरवर ने जीने के पासवाले जँगले की ओर फिर छड़ी करके कहा, "वह जो कलमी अनार देखते हैं, उसी के नीचे उस कचनार को कुचलकर खूनी को भागते और दीवार टपते हुए रंगलाल ने देखा था। जब रंगलाल मड़इया की ओर दौड़ा। देखिए, वहाँ की धरती कैसी सुंदर और साफ है, लेकिन साइत की बात कौन कहे, मुझे वहाँ कुछ भी इन सब बातों का निशान नहीं नसीब होता।"

इतने में घर की बाईं ओर से दो अदमी आ टपके। एक पचास का बूढ़ा, कद का लंबा, रंग का गोरा, आँखें खोंढराई हुई, दूसरा चढ़ती जवानी पर प्रसन्न मुख दीखता था। उसके सुंदर किंतु चंचल चेहरे पर लुनाई थी, किंतु उसमें विकटता झलकती थी। जो लोग चेहरे पर भीतर दिल का बिंब देखते हैं या जिन्होंने कयाफा (सूरत देखकर स्वभाव जानने) पहचानने का ककहरा सीखा है, वह देखते ही कहेंगे कि इस सुघराई और जवानी की आड़ में भी कुछ बात छिपी हुई है।

जवान ने मोहम्मद सरवर से कहा, "अरे! आप अभी यहीं हैं, मैंने तो आपकी बड़ी बड़ाई सुनी थी!"

मु.स., "कहाँ, कहाँ! किससे?"

जवान, "मैं एक दिन होशंगाबाद जाता था। सेकेंड क्लास की गाड़ी में मेरे पास ही बहुत से बंगाली लेटे थे, जो नरसिंहपुर में आपको चढ़ने नहीं देते थे। एक दाढ़ीवाला आप लोगों का गोलमाल सुनकर नींद से उठा और उसी ने आपको गाड़ी में चढ़ाया था। याद है, जाड़े का दिन था?"

मु.स., "हाँ, याद है वह सब। बंगाली कांग्रेस में बंबई जाते थे और जिसने मुझे भीतर आने दिया वह ऑनरेबल बाबू सुरेंद्रनाथ बनर्जी थे।"

जवान, "हाँ, हाँ, उन्हीं से आपने अपना नाम-पता और ताँतिया भील का बहुत सा हाल कहा था। बहुत सी बातें आपने बतलाई थीं। वह सब खबर उसके छह दिन पीछे **बंगाली*** में छप गई थीं।"

मु.स., "हाँ, याद है!"

ज., "मैं आपको पहचानता हूँ। आपका नाम और काम तभी से सुना करता हूँ। जब मंडला में सैयद आले मोहम्मद की डिपुटी कमिश्नरी में प्रजा सुख से दिन बिता रही थी। चारों ओर रामराज था तभी ताँतिया की डिपुटी से लौटकर आप वहाँ इंस्पेक्टर बनाए गए थे। माना उसी शांति में आपको विश्राम दिया गया था। मैं आपको बहुत पहले से जानता हूँ। आप इस मामले में अबतक— "

बात काटकर मोहम्मद सरवर बोले, "ठहरो लाला साहब, जल्दी का काम शैतान को होता है!"

ज., "सो ठीक है, लेकिन आपको कुछ भी सूत्र मिला?"

बिंदा, "एक सूत्र तो है, अगर हमको उसका दू··· "

बात पूरी नहीं होने पाई थी कि मोहम्मद सरवर की ओर आँख गई, उनकी दशा देखते ही घबराकर बोले, "अरे! क्या हुआ! क्या?"

मोहम्मद सरवर का चेहरा एकदम पीला, आँखें मानो बाहर होती हुईं, सारा बदन ऐंठता और मुँह से आह की आवाज निकलती हुई देखकर दारोगा बहुत घबराए। क्या हुआ पूछने की देर थी कि सरवर धम्म से धरती पर गिर गए। दरोगा ने उन्हें उठाकर दरवाजे के पास एक खाट पर लिटा दिया।

बड़ी सेवा-सुश्रूषा से थोड़ी देर पर उन्हें होश आया। तब कहने लगे, "क्या कहूँ डॉक्टर! मैं इतना कमजोर हो गया?"

बाला, "कहिए तो गाड़ी मँगाऊँ! घर चलिएगा?"

मु.स., "नहीं, अब ठीक है। मुझे चक्कर-सा आ गया था। अब कुछ फिकर की बात नहीं है। हाँ तो अब मुझे तो यही ठीक जान पड़ता है!"

बिंदा., "क्या?"

मु.स., "यही कि खूनी घर में घुस गया तब मड़इया वहाँ पहुँचा है। लेकिन आप कहते हैं कि खिड़की खोली गई तब खूनी भीतर आया!"

किशनलाल, "हाँ, यह तो ठीक है, क्योंकि मेरा लड़का (रंगलाल) तब तक सोया नहीं था। अगर कुछ आहट मिलती तो जाहिर हो जाता।"

मु.स., "और आप किस कमरे में थे?"

रंग., "मैं अपनी बैठक में खिड़की के पास हुक्का पीता था।"

मु.स., "कौन खिड़की?"

रंग., "वह पिताजी के कमरे के दूसरी तरफ सबसे पिछली!"

मु.स., "तो आप दोनों के कमरों में चिराग जल रहा था?"

किश., "जी हाँ।'"

मु.स., "लेकिन यह बड़ी विकट बात है कि वैसा पक्का खूनी दो खिड़कियों में रोशनी देखकर भी न हिचका!"

राम., "हाँ, बात तो ऐसी ही है कि समझ में नहीं आती समझ लो कि।"

किश., "अगर सीधा-सादा मामला होता तो आपको क्यों तकलीफ दी जाती। लेकिन आपका यह कहना ठीक नहीं जान पड़ता कि मड़इया के आने से पहले ही चोर ने अपना काम कर लिया था, क्योंकि ऐसा होता तो हमको घर के भीतर की चीजें सब ठीक ठिकाने नहीं मिलतीं और उनमें से बहुत सी नदारद हो जातीं।"

म.स., "यह तो आप ही जान सकते हैं कि कौन-कौन सी चीजें नहीं हैं। इतना आप समझ लीजिए कि किसी बड़े खुर्राट चोर से पाला पड़ा है। आपको याद है पांडेजी के घर से कौन-कौन चीजें चोरी गई थीं। एक गीता, एक लिफाफा और न जाने ऐसी ही क्या-क्या अलाय-बलाय।"

किश., "हमको क्या साहब! हम तो आप या दारोगाजी जो कहें सो करने को तैयार हैं।"

मु.स., "खैर, आप पहले यही करें कि कुछ इनाम देने का वादा करें, इससे हम लोग बड़ी तेजी से जी लगाकर काम करेंगे। देखिए, मैंने वह नोटिस

बना रखा है। अगर आपको उज्र न हो तो इसी पर सही कर दीजिए। मैंने सौ रुपए इनाम की बात इसमें लिखी है।"

"मैं पाँच सौ देने को राजी हूँ।" कहकर किशनलाल मोहम्मद सरवर के हाथ से कागज लेकर पढ़ने लगे। पढ़कर कहा, "लेकिन यह तो ठीक नहीं हुआ।"

मु.स., "मैंने जल्दी में लिख दिया है। आप जो चाहिए बना दीजिए।"

किश., "और तो ठीक है, आपको यह लिखना कि 'मंगल की रात पौने एक बजे के लगभग।' ठीक नहीं है।"

मोहम्मद सरवर ने इतना सुनकर सिर नीचे कर लिया, लेकिन दारोगा साहब ने देखा तो रंगलाल भीतर-ही-भीतर हँस रहा था। वह हँसी ठेलकर ओठों से बाहर निकली पड़ती थी, लेकिन शरीर का राजा मन इतना बल लगाकर रोकता था कि ओठों पर एक खुशी की लकीर भर खिंची दीख पड़ती थी। किशललाल ने नोटिस ठीक करके मुहम्मद सरवर के हाथ में दिया। उन्होंने उसे अपनी जेब में रखकर कहा, "अच्छा, अब भीतर चलकर देखना है कि क्या-क्या चीजें गई हैं ?"

लेकिन भीतर घुसने से पहले मोहम्मद सरवर ने खिड़की-दरवाजों को अच्छी तरह देखा तो मालूम हुआ कि छेनी या किसी तेज चाकू से किवाड़ के पल्ले काट डाले गए हैं। फिर किशनलाल से बोले, "आप लोग सींखचा नहीं लगाते ?"

किश., "जी नहीं! हम लोग इसकी जरूरत नहीं समझते।"

मु.स., "आपके घर में कोई कुत्ता भी नहीं है ?"

किश., "है तो, वह सदर दरवाजे पर रहता है।"

मु.स., "नौकर लोग कब सोते हैं ?"

किश., "दस बजे के नीचे-ऊँचे।"

मु.स., "तो मड़इया भी उसी समय अपने घर चला जाता होगा!"

किश., "जी हाँ।"

"तो क्या आज ही उतनी रात तक जागता था। खैर, भीतर चलिए।" कहकर मोहम्मद सरवर खिड़की की राह भीतर दालान में पहुँचे। वहाँ से जीने पर चढ़कर पूरब की ओरवाले बड़े कमरे में गए। जिसमें से किशन और रंगलाल के खास कमरों में जाने का रास्ता था। मोहम्मद सरवर बड़ी गंभीरता से चारों ओर देखते जाते थे।

किश., "अच्छा अब आप ही विचारिए कि चोर क्या धीरे-धीरे यहाँ तक आ गया और हमें खबर नहीं हुई।"

रंग., "अच्छा अब और भी चलकर देखिए कि कहीं कुछ सूत्र मिलता है?"

मु.स., "ठहरिए, मुझे यह देखने दीजिए कि खिड़की से कहाँ तक दिखता है? (दरवाजा ठेलकर) मैं समझता हूँ, यह आपके लड़के का बैठका है, यहाँ वह मड़इया की चिल्लाहट के समय बैठे हुक्का पी रहे थे। देखें इस खिड़की से कहाँ तक दिखता है।"

इतना कहते हुए वह रंगलाल के कमरे में पहुँच गए। वहाँ थोड़ी ही देर पर किशनलाल ने पूछा, "अब आप देख चुके?"

मु.स., "जी हाँ! अब मेरी जाँच पूरी हो गई।"

किश., "अगर आपको ऐसी ही जरूरत हो तो मेरे कमरे में भी जा सकते हैं।"

इतना कहकर खजानचीजी अपने कमरे की ओर झुके। मोहम्मद सरवर और डॉक्टर रामचंद्र पीछे पड़ गए। चारपाई के पास ही एक मेज पर चार नारंगी और एक गिलास में थोड़ा सा पानी रखा था। वहाँ मुहम्मद सरवर ने जान-बूझकर मेज को धक्का दिया, गिलास धरती पर गिरकर चूर हो गया और नारंगी भी धरती पर ढनग गईं।

मोहम्मद सरवर ने सहज ही चौंककर कहा, "वाह-वाह डॉक्टर साहब! यह आपने क्या किया?"

लेकिन यह समझकर डॉक्टर साहब चुप रहे कि यह काम भी मुहम्मद

सरवर ने घात विचारकर ही किया होगा। बस चुपचाप डॉक्टर रामचंद्र नीचे झुककर गिलास के टुकड़े बटोरने लगे। उनकी देखा-देखी और लोगों ने भी वैसा ही किया। दारोगा ने थोड़ी देर पर सिर उठाकर कहा, "अरे! मोहम्मद सरवर साहब कहाँ गए?"

सबने देखा तो मोहम्मद सरवर उस कमरे में नहीं थे। रंगलाल ने कहा, "मैं समझता हूँ फिर बेचारे को कमजोरी से मूर्च्छा आ गई होगी। चलिए बाबूजी! जरा देखें तो किधर गए!"

डिप्टी, डॉक्टर और दारोगा साहबों को वहीं छोड़कर दोनों उस कमरे से चले गए। दारोगा साहब ने कहा, "मैं भी नहीं समझता हूँ कि मोहम्मद सरवर को फिर चक्कर आ गया है। लेकिन⋯"

इतना कह चुके थे कि उन्होंने किसी की चिल्लाहट सुनी। "दौड़ो, दौड़ो! बचाओ!" सुनकर बीच में रुक गए और तीनों आदमी उसी ओर दौड़े जिधर से आवाज आई थी।

वहाँ जाकर देखा तो मोहम्मद सरवर धरती पर पड़े हैं और दोनों बाप-बेटे उसी पर लगे हैं। बेटा मोहम्मद सरवर का गला दबाए है और बाप उनका हाथ ऐंठ रहा है। तीनों ने दौड़कर मोहम्मद सरवर को उनसे बचाया। उन्होंने धरती से उठते ही कहा, "दारोगाजी! इन दोनों को गिरफ्तार करो।"

बिंदा, "क्यों! किस कसूर में?"

मु.स., "अपने कोचवान मड़इया का खून करने के कसूर में।"

बिंदा प्रसाद ने अकचकाकर कहा, "आइए, आइए! इधर आइए! आप क्या बकते हैं, मेरी समझ में नहीं आता।"

मु.स., "मैं सच कहता हूँ। जरा उनका चेहरा तो देखिए।"

अब दारोगा ने उनको देखा तो दोनों का चेहरा सूख गया है, मानो महीनों के बीमार हैं। बेटे का चेहरा सफेद है, किंतु दुष्ट नरघाती-सा भयानक दीखता है। दारोगा ने चुपचाप दरवाजे की ओर बढ़कर सीटी दी। फौरन सिपाही पहुँचे! बिंदा प्रसाद ने कहा, "क्या करूँ लाला साहब! अब मैं लाचार हूँ, लेकिन

भगवान करे बात झूठी ठहरे। अरे! यह क्या! आप पिस्तौल चलाना चाहते हैं? नहीं, नहीं, ऐसा न कीजिए।" कहकर झट किशनलाल के हाथ से पिस्तौल छीन ली।

मोहम्मद सरवर ने, "खैर रखिए, यह भी सुबूत में काम आएगी। लेकिन हमको बड़ी जरूरत तो इसकी थी।" कहकर कागज का मोड़ा हुआ एक टुकड़ा दारोगा के हाथ में दिया। दारोगा ने हाथ में लेते ही कहा, "यह क्या उसी कागज का टुकड़ा है?"

मु.स., "हाँ।"

दा., "इसको आपने कहाँ पाया?"

मु.स., "जहाँ मैं इसका होना समझता था, वहीं मिला है। देखिए सब भेद अभी खुल जाता है। (बालाजी और डॉक्टर से) आप लोग चलें, मैं अभी आता हूँ। इन अपराधियों से हम लोग कुछ पूछना चाहते हैं।"

डिप्टी और डॉक्टर दोनों वहाँ से चलते हुए।

जब यह लोग बालाजी राव के डेरे पर पहुँचे, उसके घंटे भर पर मोहम्मद सरवर भी एक आदमी में साथ आ पहुँचे। वह पांडेजी थे। डिप्टी साहब भी उनको पहचानते थे।

आते ही मोहम्मद सरवर ने कहा, "डिप्टी साहब! मैं सब भेद पांडेजी के सामने ही कहना चाहता हूँ, क्योंकि उस मामले का इनसे बड़ा लगाव है। क्या कहूँ, आज आपको बड़ी तकलीफ हुई।"

बाला., "जी, तकलीफ कुछ नहीं बल्कि आपकी काररवाई देखकर मुझे बड़ी खुशी हुई है। अभी मुझे यह नहीं मालूम होता कि आपने कैसे क्या किया और क्यों उन दोनों को अपराधी समझकर गिरफ्तार कर लिया।"

मु.स., "अच्छा सुनिए, मैं सब भेद आपको खोलकर कहता हूँ। बात यह है कि जासूस का पहला काम इस बात को पहचानना है कि किस सूत्र से मामले का पता लगेगा और कौन-कौन सी बात चक्कर में डालनेवाली हैं। अगर इतनी पहचान में चूकेगा तो जासूस अपनी मेहनत का फल नहीं पावेगा।

इस मामले में सबसे मजबूत चीज और पक्का सूत्र वही लाश के हाथ में पाया हुआ कागज का टुकड़ा ही मालूम हुआ। जब रंगलाल ने बयान किया कि खूनी मड़इया को गोली मारकर तुरंत भाग गया तब यह साफ हो गया कि वह लाश के हाथ का कागज नहीं छीन ले गया। तब जरूर कागज का लेना रंगलाल का काम है। क्योंकि किशनलाल के वहाँ पहुँचने से पहले ही चिल्लाने और बुलाने से कई नौकर वहाँ पहुँच गए, लेकिन दारोगाजी के मन में यह बात कहाँ समाती कि इतना बड़ा रईस और जमींदार ऐसा अधम काम करेगा। मैं तो इन बातों को सोचता नहीं। जाँच में जो सूत्र पक्का मिलता है, उसी के सहारे काम करता जाता हूँ। इस मामले में पहला संदेह मेरा रंगलाल पर गया और मैंने बराबर उसी पर ध्यान रखा। उस कागज को बारीकी से जाँचा तो बड़ी अद्‌भुत लिखावट का निकला। देखिए आप भी तो विचारिए।"

बालाजी ने कागज उनसे लेकर देखा। कहा, "इसकी लिखावट तो बड़ी ही बेढब है!"

मु.स., "बेढब इस वास्ते मालूम देती है कि उसे दो आदमियों ने बारी-बारी से एक-एक शब्द लिखा है। देखिए बारह का र कितना जोर से लिखा गया है और करीब का र कितना हलका है। यही अंतर बारह के ब और बजे और करीब के ब में है। बारह और के दोनों शब्द कैसे चटकदार और साफ, किंतु बजे और करीब कैसे हलके और धुँधले हैं। यही बात और शब्दों में भी है।"

बाला., "हाँ जी, यह तो तुमने खूब सोचा, अब सुझा देने से मुझे भी सब साफ दिखने लगा। लेकिन इस तरह दो हाथ की लिखावट से मतलब क्या है?"

मु.स., "मतलब तो हम यही समझते हैं कि लिखनेवालों ने किसी नीच मतलब से लिखा है। और एक को दूसरे पर विश्वास नहीं है, इसी से बारी-बारी से एक शब्द दोनों ने लिखा है कि दोनों पर जवाबदेही रहे। और बारह और के शब्द का लिखनेवाला ही मुखिया मालूम देता है।"

पांडे ने पूछा, "सौ कैसे?"

मु.स., "यह तो लिखावट और हरफ की सफाई ही कह देती है। देखिए, जिसने खूब साफ और चटकदार हरफ लिखे हैं, उसने पहले अपने हिस्से के शब्द लिखकर दूसरे के वास्ते बीच-बीच में जगह छोड़ दी है। देखिए, कहीं-कहीं बीच के शब्दों को बहुत कम जगह होने से बहुत कसमस से अँटाना पड़ा है। देख लीजिए, बजे कितनी थोड़ी जगह में लिखा गया है। इससे भी जाना जाता है कि बारह और के पहले ही लिखे जा चुके थे और यह बात जरूर है कि जिसने पहले के शब्द लिखे हैं उसी ने पीछे लिखनेवाले को इस काम पर तैयार किया है।"

बाला, "सच तो है साहब।'

मु.स., "अच्छा इसको भी जाने दीजिए एक और बारीक बात लिखावट देखकर उमर का अटकल करना है। यह बड़े चतुर और बुद्धिमान का काम है। लेकिन इस लिखावट से साफ जाहिर है कि लिखनेवालों में एक बूढ़ा और दूसरा जवान है।"

बाला, "ओहो! बहुत ठीक कहा।"

मु.स., "फिर दोनों की लिखावट बहुत मिलती-जुलती है। इससे जाना गया कि दोनों कुटुंबी हैं अथवा एक ने दूसरे की लिखावट देखकर ही लिखना सीखा है। मैंने इस घड़ी इतना ही कहा है, चतुर जासूस इस सूत्र से और भी बहुत सा अटकल लगा सकते हैं। लेकिन वह सब आपकी समझ में नहीं आएँगे, इसलिए यहाँ नहीं कहना चाहता। गरज कि इन्हीं कारणों से मेरे मन में यह बैठ गया कि इस कागज के लिखनेवाले यही दोनों बाप-बेटे हैं। तब मुकाम पर जाकर मैंने जाँचा कि कुछ और मदद मिलती है या नहीं। वहाँ मैंने दारोगा के साथ जाकर लाश देखी। घाव देखने से जाना गया कि पाँच गज से अधिक दूर से गोली मारी गई है, क्योंकि पास से गोली मारने से मड़इया के कपड़े पर बारूद के धुएँ का निशान मिला, इस वास्ते रंगलाल का कहना सरासर झूठ है कि दोनों को लड़ते देखा था। और दोनों का उसे अनार के पास

से भागते देखना भी बनाया हुआ है, क्योंकि अनार के पास पानी की नाली टूटी है, पानी फूटकर बहा है, इससे चारों ओर सीड़ हो गई है। उस सीड़ पर किसी के पाँव का निशान नहीं मिला। इससे भी जाना कि वह काम किसी बाहर के आदमी का नहीं है। फिर मैंने सोचा कि यह काम क्यों किया गया? इसके लिए आपके पांडेजी की चोरी की बात याद आई। और आपने कहा था कि दोनों मुकदमेबाजी से तबाह हो रहे हैं, इससे मैं सब भेद जान गया कि बाप-बेटे दोनों पांडेजी की बैठक में घुसे थे। गरज यह थी कि कोई मतलब का कागज हाथ लगे, जिससे मुकदमा जीतें।"

पांडे, "जी हाँ, यह बात ठीक होगी। क्योंकि उनकी पाँच सौ बीघे धरती पर हमारा दावा है। संयोग से सब कागज वकील साहब के घर थे, नहीं तो एक भी हाथ लगने से वह बाजी जीत जाते।"

मु.स., "आपका समझना बहुत ठीक है। इन दोनों ने आपको धोखे से नीचा दिखाने के वास्ते बड़ी कोशिश की, लेकिन कुछ काम का हाथ नहीं लगा तब मामूली चोरी जाहिर करने के वास्ते कुछ लेकर लौट गए। सब ठीक जानने पर भी मैं उसी कागज के फटे टुकड़े की खोज में रहा। क्योंकि मुझे पूरा विश्वास था कि रंगलाल ने ही मुर्दे के हाथ से चिट्ठी खींची और अपने कोट या कमीज की जेब में रखे होगा, ऐसी जल्दी में वह और कहाँ रख सकता है। मेरा मन यह भी कह रहा था कि उस कागज का दूसरा बड़ा टुकड़ा अभी किसी जेब में ही रखा है। इसी से हम सबके साथ उनके कमरों को ऊपर देखने गए थे। मुझे इस बात का खयाल था कि पहले कागज के टुकड़े का हाल मालूम होते ही वह लोग बड़े टुकड़े को फाड़ जला डालेंगे, इसी कारण जब दारोगाजी उन दोनों से गिरफ्तार करने के वास्ते लाचार बनने लगे और कागज के टुकड़े का हाल कहना ही चाहते थे कि बात रोकने के लिए मुझे जान-बूझकर बेहोश होना पड़ा था।"

डिप्टी बाला.; "अरे बाप रे! तो तुमको होश में लाने के वास्ते मैंने जो सेवा-शुश्रूषा की वह बेफायदा?'

राम., "अरे यार! तब तो तुमने बड़ी चतुराई की थी समझ लो कि!"

मु.स., "क्या करूँ डॉक्टर साहब! जासूस को सब ओर नजर रखना होता है। जहाँ जिधर से जैसे निकलता देखा वहाँ वैसा ही करना पड़ता है। जब मैं होश में आ गया तब कैसे ढंग से किशनलाल से 'पौने बारह बजे के करीब।' का शब्द इनाम के नोटिस के बहाने लिखवा लिया! मुझे देखना था कि उनका लिखना उस टुकड़े की लिखावट से मिलता है या नहीं?"

रा.डा., "और मैं तो कुछ न समझकर आप पर नाखुश हुआ था समझो कि।"

मु.स., "क्या कहूँ, मैं भी आपकी नाराजी समझता था, लेकिन कोई और उपाय नहीं था और आपको भी समझना था कि ऐसी बड़ी भूल हम करें तो जासूसी क्या करेंगे। जब हम ऊपरवाले कमरे में गए तब वहाँ एक कोट और कमीज रंगलाल के कमरे में टँगी देखी थी। और आप लोगों का ध्यान दूसरी ओर लगाने के ही वास्ते मैंने बैठक की मैज.ठेलकर गिलास और नारंगी सब नीचे गिरा दिए थे। घात पाकर मैं झट उस कोट-कमीजवाले कमरे में पहुँचा। लेकिन जेब में ज्यों ही कागज का टुकड़ा पाया कि बाप-बेटे दौड़कर मुझ पर टूट पड़े। अगर आप लोग मदद पर न आते तो वह सब मुझे खत्म ही कर डालते। रंगलाल ने मेरा गला ऐसा दबाया था कि अब तब गरदन दुखती है। किशनलाल ने मुट्ठी से कागज छीनने के लिए मेरी कलाई उमेठी थी। उनके कमरे की जाँच से मेरे ऊपर बड़ा संदेह हो गया था।

"जब दोनों गिरफ्तार हो गए तब मैंने जासूसी लटका छोड़कर किशनलाल से खून का हाल पूछा। पट्टी में आकर उसने सब खोल दिया। लेकिन साहब, रंगा तो ऐसा ढीठ कि उसे कोई चीज हाथ लगती तो मुझे जीता न छोड़ता। जब बाप ने देखा कि अब भेद नहीं छिपेगा तब सब हाल ज्यों-का-त्यों कह गया, उसी से भेद मिला कि जब बाप-बेटे पांडेजी की बैठक में घुसे थे तब मड़इया ने उनका पीछा किया था। जब वह दोनों लौट आए तब बात खोल देने का डर दिखाकर दोनों मालिकों से घूस माँगने लगा। इस चाल पर रंगलाल उससे

बहुत ही बिगड़ा और अपनी मान-मर्यादा बचाने के वास्ते मड़इया को खत्म कर डालना ही एक उपाय समझकर उसने गोली मार दी। और चोरी की बात उड़ाकर बात फेर देना चाही थी। अगर मड़इया के हाथ में कागज का टुकड़ा रह जाना वह जान जाते या उस टुकड़े को पा जाते तो बयान में थोड़ी चतुराई करने से बेदाग निकल जाते, किसी का उन पर संदेह न होता।"

बाला, "अच्छा वह बड़ा टुकड़ा तो देखें?"

मोहम्मद सरवर ने दोनों टुकड़े दे दिए। डिप्टी साहब ने उन्हें मिलाकर पढ़ा हम पाठकों के वास्ते उस पूरे परचे को नीचे छापते हैं।

अगर तुम **आज** रात **में** पौने **बारह** बजे **के** करीब **मुझसे** पूरबवाले **फाटक** के **निकट** मिलोगे **तो** एक **बहुत ही** गहरी **घटना** सुनोगे **जिससे तुमको** बड़ा **लाभ** होगा **परंतु** इसका **भेद** किसी **से** कहना **नहीं**।

मुहम्मद सरवर ने कहा, "यह लिखावट पहले मेरी समझ में कुछ-कुछ आई थी, लेकिन यह नहीं जान पड़ा कि मड़इया उनकी बात में किस लोभ से फँसकर आया और अपनी जान खो दिया। खैर डिप्टी साहब! मेरा यहाँ बीमार होकर रहना बेकाम नहीं हुआ।"

फिर बालाजी से विदा होकर जासूस वहाँ से अपने झोंपड़े को चलता हुआ।

□

खूनी कौन है?

जासूस को हुक्म हुआ—

"काकर्ड मार्किट के सामने मैदान में एक देवदार का बक्स मिला है। कब ? कौन उसको वहाँ रख गया ? यह कोई नहीं बतलाता। न कोई उसका मालिक ही मिलता है। खोलने पर उसके भीतर से एक जवान आदमी की लाश निकली है। लाश टुकड़े-टुकड़े करके संदूक में भरी है। सिर अलग कटा रखा है। देखने से मुर्दा मुसलमान का मालूम होता है, लेकिन अब तक उसको किसी ने नहीं पहचाना है। तुम झटपट वहाँ जाकर पता लगाओ।"

जासूस हुक्म पाकर बंबई के काकर्ड कारकेट को चला। वहाँ पहुँचकर देखा तो मैदान में चौराहे पर भीड़ लगी थी। पुलिस के लोग आते-जाते कुलियों की धर-पकड़ कर रहे हैं, लेकिन संदूक को कौन लाया ? कब लाया ? इसका कुछ भी पता नहीं चलता।

संदूक के भीतर से कई अंग्रेजी अखबार, खून लगे पुराने दो मनी बैग, दो पुरानी शीशी, एक चिलम निकली। कई हाथ के लिखे और छपे कटे-फटे कागज मिले। छोटे से लेकर पुलिस के बड़े साहब तक सब वहाँ खड़े थे। लेकिन किसी से कुछ भेद नहीं खुला। तब लाश कारनर को जाँच के लिए भेजी गई। साहब ने लाश के सिवाय संदूक से निकली हुई चीजों की ऐसा ही कूड़ा-करकट समझा। वह सब एक बोरे में बंद करके पुलिस ऑफिस में रखा गया। सब लोगों ने अपना-अपना रास्ता लिया, जासूस भी रंग-ढंग देखकर डेरे को लौटा।

लौटती बार जासूस उन कटे-फटे कागज, चिलम और दोनों शीशियों को लेता आया था। किस तरह खूनी का पता लगेगा? इसका कुछ भी सहारा नहीं मिला तब जासूस उन कटे-फटे कागजों को देखने लगा। उलट-पुलट करते एक उसमें से एंट्रेंस की परीक्षा का कागज मिला। उसमें इतिहास के सवाल का परचा एक ओर छपा था, उसकी पीठ पर पेंसिल से कुछ लिखा था, उसको जासूस ने दूरबीन से पढ़ा। मराठी में जो कुछ उस पर लिखा था, उसका मतलब यह है—

डियर बी.के. केलकर—

जानकी के जगत् में दो चाहनेवाले नहीं रह सकते। एक म्यान में दो तलवार का रखना ठीक नहीं। इससे हम तुम दोनों में से किसी एक को संसार छोड़ देना चाहिए। अगर आप असल के लड़के हैं तो किसी दिन अपना हथियार लेकर कहीं एकांत में चलिए। जब जहाँ आप कहिए, मैं वहाँ आने को तैयार हूँ। अगर मैं आपके हाथ से मारा जाऊँ तो आप मेरी लाश जहाँ चाहे फेंक देना। अगर आप मारे जाएँगे तो जैसा आप कहेंगे वैसा आपकी लाश का किया जाएगा। बस आपको मैं और कुछ नहीं लिखता।

आपका

एन.के. गोखले

चिट्ठी का मतलब समझकर जासूस ने मन में कहा कि आजकल उपन्यास और किस्से की किताबों को पढ़कर स्कूल और कॉलेजों के लड़के ऐसे ही प्रेम युद्ध किया करते हैं। लेकिन इस चिट्ठी का फल, 'बह्वारम्भे लघु किया' के सिवाय और कुछ नहीं है। पाठशाला के लड़कों का जोश ऐसा भयंकर काम नहीं कर सकता। इस तरह खबरदारी से मुर्दे के कपड़ों को उड़ाना और थैली में लपेटना, संदूक में ऐसी चतुराई से भरकर मैदान में इस सफाई से रख जाना कि किसी पहरेवाले की उसपर नजर न पड़े, इतना

कॉलेज और स्कूल के विद्यार्थी से नहीं होने का। यही विचारता हुआ जासूस डेरे से निकलकर चौपाटी पर पहुँचा और मन में सोचा कि अगर ऐसा ही हुआ हो तो पहले इसी विलसन कॉलेज में चलकर पूछें। एन.के. गोखले बहुत करके नारायण केशव गोखले हो सकता है। तो इस एन.के. गोखले या बी.के. केलकर इन दो में से किसी एक की जान गई होगी।

2

कॉलेज में पूछने से जासूस को मालूम हुआ कि एन.के. गोखले सेकेंड ईयर में पढ़ता है। गिरगाम बैंक रोड शांताराम की चाल में रहता है, लेकिन कॉलेज में हाजिर नहीं है।

जासूस ने समझा, इसी एन.के. गोखले की लाश होगी। झटपट संदेह की ठीक जाँच करने के लिए गिरगाम बैंक रोड को लौटा। शांताराम की बड़ी लंबी चाल के दरवाजे पर जाकर देखा तो 'टू बी लेट' की पटरी टँगी थी। उसको देखकर जासूस ने मन में कहा, "भला इसमें कमरा खाली है तो काम बन जाएगा। भीतर गया तो जिसपर कोठरियों के किराया लेने-देने का भार था, उससे मिला। फिर पाँच रुपए चार आना देकर जासूस उसी दम एक कोठरी का किराएदार बन गया। उसी के बगल में एन.के. गोखले की कोठरी थी। पड़ोसियों से मालूम हुआ कि गोखले कई दिन से बहुत रात गए डेरे पर आता है। आज दरवाजा बंद करके भीतर सोया है। थोड़ी देर हुई नहाने के लिए बाहर आया था, फिर झट किवाड़ बंद करके भीतर ही रहा। चेहरे से उदास था। शरीर कुछ अच्छा नहीं मालूम हुआ।

पड़ोसियों से इतना सुनने पर जासूस का संदेह और का और हो गया। एन.के. को मरा समझा था सो तो जीता मिला, अब मालूम होता है केलकर मरा है। बस सबसे सामान लाने का बहाना करके पुलिस ऑफिस में पहुँचा। वहाँ जरूरत के अनुसार कई चीज एक स्टील ट्रंक में डालकर बिछौने का गोला-पुलिंदा, दरी-गद्दा समेत ऊपर बाँधा और एक कुली के सिर पर लिये

हुए शांता राम की चाल में पहुँचा। अबकी साथ में रामसिंह नाम के कांस्टेबल को भी सादे कपड़े पहनाकर अपनी मदद के वास्ते लाया था। उसको चाल के बगल में चाय की एक दुकान पर बिठा दिया और आप अपनी कोठरी में दरी बिछाकर जा बैठा।

कई मिनट तक वहाँ ठहरने के बाद आकर देखा तो जिन कोठरियों में ताला लगा था, वह सब खुल गई हैं। बाबू लोग अपने-अपने काम से लौटकर डेरे पर आ गए हें। आसपास के लोगों से मिलकर बात करने पर मालूम हुआ कि उस घर की सभी कोठरियों में पढ़नेवाले रहते हैं। एक उनमें से रेलवे के दफ्तर में किरानी का काम करनेवाले मिले। जासूस जहाँ तक बना उन लोगों को मीठी बोलकर मिलाया और अपने को बड़े डाकघर में काम करनेवाला बतलाया।

जब पड़ोसियों से मिल-भेंटकर जासूस अपनी कोठरी में जा बैठा तब बाहर का दरवाजा बंद करके पिछवाड़े की खिड़की से आई हुई रोशनी में देखा कि उसके घर से एन.के. गोखले की कोठरी को झाँकने के वास्ते एक जँगला है। उसी की राह जासूस ने उनकी कोठरी के भीतर का सब देख लिया। कोठरी में कूड़ा-करकट बहुत पड़ा था, जैसे आठ-दस दिन से झाड़ू तक नहीं फिरी है। गोखले स्ट्रेचर पर सोते हैं, सिरहाने की ओर खून लगी एक कमीज है, पास ही एक चादर भी खूँटी पर लटकी है, उसमें भी खून लगा है। क्या जाने कोई उसको देख ले, इस डर से वह बहुत देर तक जँगले पर खड़ा नहीं रह सका। लेकिन खूनी खून लगा कपड़ा इस तरह जाहिर जगह में क्यों रखेगा, यही विचारता हुआ जासूस अपनी दरी पर जा बैठा।

3

जल्दी-जल्दी भोजन की तैयारी हुई। एन.के. गोखले एक आदमी से अपने भोजन की चीज अपनी कोठरी में रखने को कहकर आप जरूरी काम के वास्ते बाहर जाने को निकले। जासूस भी बाहर आया। उससे वह बात तो

करना नहीं चाहते थे, लेकिन पड़ोसी बनकर जब वह पीछे पड़ा तब बिल्कुल टाल भी नहीं सके। जब जासूस ने मीठी बातों के लरछे छोड़े, तब तो गोखले जासूस से ऐसे मिले कि अपना भोजन भीतर रखवाने का भार जासूस को सौंपकर उसी को चाभी भी दे दी और आप बाजार को चले गए।

जासूस ने नीचे आकर रामसिंह को गोखले का पीछा करने को आँख दी और आप डेरे पर लौटकर सोचने लगा कि यह गोखले खूनी है या नहीं ?

गोखले एक बलवान शरीर का मोटा-ताजा, न बहुत लंबा न बहुत छोटा गठीला जवान है, रंग साँवला, चेहरा भरा हुआ, कसरत करने से सब अंग जैसे साँचों में ढाले हुए हैं। कहीं बेलगाँव की ओर का एक साधारण जमींदार का लड़का है। यहाँ किराए पर कोठरी लेकर कॉलेज में पढ़ता है। बाप हर महीने खर्च भेजकर समझते हैं, बेटा खूब अंग्रेजी पढ़ता है। कभी यह दिन भी आएगा कि मजिस्ट्रेट की कचहरी में वकील बनकर बहस करेगा और कानून के जोर से हाकिम का कलम रोक लेगा। जगत् में अनेक पिता ऐसा ही समझकर बेफिकर रहते हैं।

सब लोग भोजन आदि करके अपने-अपने कमरे में पढ़ने बैठे। रसोइया ब्राह्मण गोखले का भोजन लाया। जासूस ने ताला खोल दिया। ब्राह्मण भीतर भोजन रखकर चला गया। जासूस ने अवसर पाकर खून लगी चादर देखी। सिरहाने की कमीज भी देख ली। कमीज में खून बहुत लगा था। चादर-कमीज दोनों धोए गए थे, तो भी खून नहीं छूटा था।

4

आधी रात को एन.के. गोखले डेरे पर लौटे। उतनी रात को तकलीफ देने की माफी माँगकर जासूस से चाभी ली। फिर ताला खोलकर भीतर गए। जासूस नीचे जाकर रामसिंह से मिला। रामसिंह से जानकी नाम की रंडी के यहाँ गोखले का जाना सुनकर मन में समझ लिया कि जरूर लाश केलकर की है और मारनेवाला यही गोखले है।

जासूस जब रामसिंह से विदा होकर ऊपर आया तब गोखले भोजन करके आचमन कर रहे थे। जासूस ने उनसे कहा, "मैं आपको थोड़ी तकलीफ दूँगा।" गोखले बहुत चौंके और आँख फाड़कर जासूस की ओर देखने लगे। जासूस ने फिर कहा, "आप मुझे पहचानते नहीं, मैं पुलिस का आदमी हूँ। आप ही की खोज में यहाँ आया था। आपने जानकी रंडी के प्रेम में बी.के. केलकर को मार डाला है।"

इतना सुनते ही गोखले के हाथ का बीड़ा धरती पर गिर गया। मुँह से बात नहीं निकली। सिर नीचे कर लिया। जासूस फिर बोला, "देखो, तुमने अपने सवाल के कागज पर पेंसिल से उनको चिट्ठी लिखने के इरादे से जो मजमून बनाया था, वह भी हमारे पास है। केलकर की खून लगी कमीज और चादर अभी तक तुम्हारे घर में है। तुम अब यह समझ सकते हो कि मुझसे तुम्हारी कोई बात छिपी नहीं है।"

अब सिर उठाकर गोखले कहने लगा, "महाशय! आप सब जान गए यह मैंने समझा, लेकिन बालकृष्ण केलकर का मरना मैंने आप ही के मुँह से सुना है। मुझे ऐसा भरोसा नहीं था कि वह मर जाएगा। एक बात में आप भूलते हैं। मेरे कपड़ों में जो आपने खून लगा देखा है, वह खून मेरा है। बालकृष्ण के घूँसे से मेरी नकसीर फूटी थी, मेरे ही नाक का खून कमीज और चादर पर लगा था। मेरे घूँसे से वह चक्कर खाकर गिरा था, लेकिन मरने की बात आप ही से सुन रहा हूँ। उसके लिए मुझे दुःख है। आप चाहे फाँसी दिला दें, मुझे कुछ इनकार नहीं है, लेकिन मेरे घर बाप को यह खबर मत दीजिएगा!" इतना कहकर गोखले रोने लगा।

अब जासूस के चकराने की बारी आई। अगर केलकर मरा है और मारनेवाला यही गोखले है तो यह सब क्या गोरखधंधा है? जो हो सोचकर जासूस ने गोखले को हथकड़ी लगा दी और उसे गिरफ्तार कर लिया। रामसिंह हुक्म पाकर ऊपर आया और एक गाड़ी किराया करके तीनों शांताराम की चाल से चलते हुए।

जासूस ने केलकर का डेरा गोखले से पूछा। उसी के कहे अनुसार गाड़ी चली। केलकर के डेरे पर गाड़ी रोकी गई। रामसिंह ऊपर गया। पूछने पर जाना गया कि बाबू सो रहे हैं। रामसिंह ने ऊपर से ही जासूस को बतलाया। जासूस ने कहा जगाकर लाओ, हमको काम है। अब जवाब मिला, केलकर की तबीयत अच्छी नहीं है। जासूस ने कहा, "अगर नीचे आने की ताकत नहीं तो हम आएँ?" तब केलकर नीचे उतरे। सामने ही जीते-जागते बी.के. केलकर को देखकर जासूस के देवता कूच कर गए। जासूस ने अकेले में ले जाकर सब हाल कहा और दो-चार नसीहत की बात सुनाकर गाड़ी में आया। यहाँ गोखले की भी हथकड़ी खोल दी और डेरे पर उसे पहुँचाकर तकलीफ देने की माफी माँगी। दूसरे दिन किसी ने जासूस को शांताराम की चाल में नहीं देखा।

इस तरह एक बार काम में धोखा खाकर हाथ मलता हुआ जासूस डेरे को लौट आया और कैसे उस लाश का पता लगेगा, यही सोचते-सोचते आँख झपने लगी तब पलंग पर जाकर लेट गया।

5

लेट तो गया, लेकिन जिस पर खूनी का पता लगाने का भार सौंपा गया हो, उसको नींद कहाँ आती है। झपी हुई आँख फिर खुली। कड़ी काठ गिनते जब घंटों बीत गए तब उसकी नजर चिलम और शीशी पर गई। चिलम तो इस देश में कोई पीता नहीं, हो न हो यह किसी पुरबिये की है। फिर दोनों शीशियों को हाथ में लेकर देखने लगा। एक में से नारियल के तेल की और दूसरी से गुलाब की महक आई। एक शीशी पर कागज का लेबल सटा था। दूरबीन से देखने पर भी क्या लिखा है सो पढ़ा नहीं गया, लेकिन इतना मालूम हुआ कि ऊपर कुछ लिखा जरूर है।

उस लिखावट को पढ़ने के लिए जासूस ने एक उपाय किया। एक हाँड़ी में थोड़ा जल डालकर आँच पर रखा, जब पानी खौलने लगा तब उसमें दो-तीन दवाई डालने के बाद शीशी छोड़ दी। थोड़ी देर बाद शीशी को बाहर

निकालकर देखा तो इस उपाय से दो काम बने। एक तो तेल छूटने से शीशी साफ हो गई, दूसरे कागज की मैल उतर जाने से छपाई और लिखावट के अक्षर साफ दिखने लगे। काँच के सहारे से पढ़ने पर मालूम हुआ कि उस पर—'स्टूअर्ट साहब के वास्ते, दो-दो घंटे पर एक खुराक, ता. 13.2.81' इतना लिखा है। नीचे दवाखाने का नाम और ठिकाना छपा था। जासूस उसी दवाखाने में गया और 13 फरवरी, 1881 ई. का खाता निकलवाकर स्टूअर्ट साहब का पता लिया।

अब दवाखाने से विदा होकर साहब के बँगले को चला। चलते-चलते मन में विचारने लगा, क्या साहब ही ने एक देसी मुसलमान को मार डाला है? अगर मार डाला है तो उनसे एकदम इसकी बात कैसे पूछेंगे? फिर सोच-विचारकर मन में ठीक किया कि पहले साहब से कुछ पूछना ठीक नहीं है। और यही ठीक करके कॉलेज की ओर चला। वहाँ पहुँचने पर मालूम हुआ कि कॉलेज बंद है। साहब के बँगले पर गया। बँगले का द्वारपाल स्टूल पर बैठा तंबाकू पी रहा था। इतने बड़े बंबई नगर में हुक्के पर तंबाकू भरी चिलम रखकर सुड़सुड़ाते हुए इसी को देखा, बस जासूस भी तंबाकू के बहाने दरबान के पास बैठकर गप्प करने लगा। इसकी चिलम ठीक उसी के जोड़ की थी जो लाश के साथ संदूक से निकली थी। इधर-उधर की दो-चार गप्प ढीलकर जासूस ने दरबान से कहा, "यार, हमको एक नौकर चाहिए। तुम्हारे जानने में कोई देसी आदमी मिलेगा?"

दरबान इतना सुनकर पानी-पानी हो गया। क्या काम करना होगा और क्या वेतन मिलेगा पूछने कर कहा, "एक मेरा ही छोटा भाई चार महीने से बैठा खा रहा है। कहीं नौकरी नहीं लगती, तुम लगा दो तो बड़ा गुन मानेंगे।"

जासूस तो वह जीव है कि उड़ती चिड़िया के हल्दी लगा दे, फिर और तो बात ही क्या है। कोई बच्चा परदार उड़ाता होगा, हमारे जासूस अंडा तक उड़ा सकते हैं। बस दरबान के भाई की नौकरी सब तरह से पक्की हो गई, उसको साथ ले जाकर जासूस का घर दिखाना बाकी रहा।

इधर जासूस बात करते में दरबान की कोठरी को भीतर-बाहर अच्छी तरह देख रहा था। भीतर उसको वैसा ही देवदार का एक बक्स दिखाई दिया जैसा लाश के साथ मिला था। दरबान जासूस को खुश करने के लिए उसी संदूक में से एक चिलम तंबाकू लाकर भरने लगा। जासूस ने इसी बहाने संदूक की बड़ाई करके दाम पूछा। दरबान की बात से मालूम हुआ कि यह संदूक मोल का नहीं है। कॉलेज के सब नौकरों को ऐसा एक-एक संदूक मिला है।

कौन नौकर कहाँ रहता है, साहबों में किसका बँगला कहाँ है, खानसामा, बैरे, वगैरह सब कितने हैं, कहाँ रहते हैं, स्टूअर्ट साहब कैसे आदमी हैं, उनका मिजाज कैसा है ? यह सब दरबान से जासूस ने पूछ लिया; और भी बहुत सी काम की बात जासूस ने दरबान से निकाल लीं।

इसी तरह की बात कहते-सुनते जासूस सहसा पूछ बैठा, "भला उस दिन ऐसी ही एक संदूक, गाड़ी पर चढ़ा रहे थे सो कहाँ भेजा गया था ?"

दरबान बोला, "गाड़ी की बात तो नहीं मालूम, लेकिन खानसामा दो कुलियों के सिर पर एक संदूक रखकर ठाकुरद्वार को ले गया था, उसमें क्या भर ले गया और कहाँ दे आया, सो कुछ भी मालूम नहीं है।" इसके सिवाय दरबान ने यह भी कहा कि खानसामा को साहब बहुत मानते हैं। दूसरे साहब लोग भी उस पर बहुत खुश रहते हैं, आजकल उसका नसीब सीधा है।

6

दरबान की सब बात सुनकर जासूस के मन में बहुत-कुछ आशा हुई। इतने में दरबान का भाई भी बाहर से आया। उसको लेकर जासूस वहाँ से चलता बना। दरबान के भाई का नाम अछरंग लाल था, उसको जासूस ने अपने एक जान-पहचान के आदमी से जा मिलाया और उसको एक अठवाड़े तक नौकर रखने को कान में कहकर वहाँ से भी चल दिया।

जासूस रास्ते में दुकान पर भूख बुझाकर ठाकुरद्वार को चला। ठाकुरद्वार बंबई में एक मोहल्ला है। ठाकुरद्वार से समुद्र को जो चौड़ी सड़क गई है,

उसके नाके पर जितने कुली मिले, उन सबको बुलाकर एक-एक करके सबसे पूछने लगा कि वहाँ से दो कौन से कुली देवदार का एक भारी बक्स मार्किट को ले गए थे? वह दोनों कुली तो मिले, लेकिन बक्स किसका था, सो नहीं कह सके। इतना दोनों ने कहा कि साथ जो आदमी गया था, उसको देखने पर पहचान सकते हैं।

अब जासूस ने खानसामा का पता लगाया। खानसामा का नाम नूर मोहम्मद, वह दिन-रात कॉलेज में रहता है। रोज घर जाने की फुरसत होने पर भी घर नहीं जाता। सदा कॉलेज ही में सोता है। उसके मेली-मिलापी भी वहीं आकर भेंट कर जाते हैं। कभी-कभी खानसामा घर जाता है, लेकिन जाता भी बहुत रात गिराकर है और कुछ रात रहते ही आता है। कॉलेज में साहब लोगों के और भी कई खानसामा हैं, लेकिन नूर मोहम्मद का आदर-मान सबसे अधिक है। सब लोग उसको पुराना कहकर मानते हैं।

जासूस विचारने लगा, अगर खानसामा ही संदूक मार्किट के सामने रख आया है तो खूनी भी वही है, क्योंकि साहब अगर ऐसा काम करते तो एक ही गोली में काम तमाम कर डालते। टुकड़े-टुकड़े करके साहब नहीं मारेंगे, फिर एक देसी आदमी से साहब का ऐसा बैर ही क्या होगा कि जिससे वह इस तरह संगदिली का काम करेंगे। हो न हो, खून करनेवाला देशी ही है। इतना मन में ठीक करके जासूस खानसामा का भेद लेने लगा।

जासूस कभी आदमी भेजकर, कभी आप जाकर खानसामा और उसके घरवालों का पता लेने लगा। मालूम हुआ कि खानसामा के दो निकाह हुए हैं। एक से एक लड़की, दूसरी से एक लड़का जनमा है। लड़की बड़ी है, ब्याह हो चुका, वह अपनी ससुराल में बहुत रहती है। लड़का आठ-दस साल का, दो-तीन रुपए महीना एक छापेखाने से पाता है। नूर मोहम्मद आप महीना अच्छा पाता है, लेकिन घर कुछ न देकर सब उड़ा डालता है। इससे उसके घर में रुपए की सदा टान रहती है। परिवार का दिन दुःख-ही-दुःख में बीतता है।

इतना जानने के बाद जासूस छापेखाने में कुछ काम कराने के बहाने गया।

वहाँ नूर मोहम्मद के लड़के से और बहुत सा भेद मिला लेकिन जिस मामले का पता पाने के भरोसे जासूस यहाँ तक भटका, उसका कुछ भी हाल नहीं मिला। नूर मोहम्मद से किसी का कुछ बैर है, इसका भी कुछ पता नहीं लगा। इस कारण कौन मारा गया, क्यों मारा गया, यह बात अभी छिपी-की-छिपी ही रही।

7

अब जासूस ने डेरे पर लौटकर कुछ और ही ढंग लिया। अपना पुलिस का पहनावा पहनकर स्टूअर्ट साहब के पास पहुँचा। साहब बड़े सुशील और भलेमानस थे। उन्होंने सब हाल बहुत जल्द बता दिया। जासूस साहब से मिलने के बाद खुश होकर नहीं लौटा। उसको साहब से इतना ही मालूम हुआ कि सन् 1881 ई. में वह बीमार पड़े थे और यूनियन मेडिकल हॉल से दवा भी मँगाई थी। उनकी शीशी बोतल सब खानसामा-बैरे लोग कहाँ ले जाते, कहाँ बेचते या रखते हैं, सो साहब को कुछ भी मालूम नहीं। उनके पास गुलाब का पानी नहीं है, न गुलाबजल वह कभी काम में लाते हैं। साहब की बातों से जासूस का कुछ काम नहीं बना, लेकिन जासूस को देखते ही नूर मोहम्मद पहले बहुत चौंका था, उसको इस अवसर पर जासूस ने देख लिया।

जासूस को नूर मोहम्मद के घर का भी पता मिला। उसका दामाद अब्बास कई दिन से घर नहीं आता। वह कहाँ गया सो भी पता नहीं चला, जहाँ काम करता था वहाँ भी किसी से कहकर नहीं गया। न अपना हिसाब करके तलब ले गया। अब जासूस के कान खड़े हुए। बहुत खबरदार होकर जाँच करने लगा। अब्बास के साथी जो काम करनेवाले थे, उनसे मालूम हुआ, अब्बास का रुपया ससुर नूर मोहम्मद पर था। जिस दिन से उसका पता नहीं है, उस दिन शाम को रुपए के वास्ते ससुर के पास गया था तबसे उसको किसी ने नहीं देखा। जासूस ने समझ लिया कि अब्बास मरा था, खूनी ससुर नूर मोहम्मद है। तो भी एक बार धोखा खा चुका था, नूर मोहम्मद को गिरफ्तार नहीं किया, अबकी उसने दूसरा उपाय सोचा।

एकदम पुलिस का पहनावा पहने चार कॉन्सटेबलों के साथ कुलियों से

लाश का संदूक लिये नूर मोहम्मद के घर पहुँच गया। उधर नूर मोहम्मद को हाजत में रख आया था। नूर मोहम्मद के घर स्त्रियों से लाश पहचानने को कहा। उसकी लड़की पति को ढूँढ़ती वहाँ आई थी, देखते ही चिल्लाकर रोने लगी। और सबने देखकर अब्बास की लाश बताई। घर में उसके कोहराम मच गया। स्त्रियों के रोने से आसमान फटने लगा। वहाँ कान देना कठिन हुआ। जासूस के हुक्म से अब्बास का भाई और फूफू भी आई, उनका बयान लिया गया। सब भेद उनके बयान से खुल गया। अब्बास ने कई बार रुपए का तकाजा किया था, उस दिन बिना रुपया लिये नहीं उठेगा कहके ससुर के पास बैठा था, यह सब बयान से मालूम हुआ। अब खूनी और मुर्दे की पहचान में कुछ बाकी न रहा।

नूर मोहम्मद अब हथकड़ी लगाकर थाने में लाया गया, वह सूख गया था। मुँह से बात नहीं आती थी। थोड़ी देर बाद बोला, "दुहाई कंपनी बहादुर की, मैं कुछ नहीं जानता।" फिर पुलिस के लटके में आकर सब बक दिया। अब्बास रुपया लिये बिना नहीं टलेगा, कहकर बैठा था। फिर आधी रात को उसके तकाजे से झुँझलाकर दाव से कैसे टुकड़े-टुकडे कर डाला, किस तरह और दो खानसामा की मदद से लाश संदूक में भरकर दूसरे दिन सवेरे मार्किट में ले गया, सो सब कहकर कबूल किया। उसके साथी वह दोनों खानसामा भी पकड़े गए। मुकदमा-चालान हुआ। मजिस्ट्रेट ने बयान लेने के बाद तीनों को सेशन सुपुर्द किया।

सेशन में जज ने अपराध का प्रमाण पाकर जूरियों के एक राय होने से नूर मोहम्मद को फाँसी का दंड दिया। साथियों के बारे में गवाह पूरे नहीं मिले, इसलिए वे बेगुनाह छोड़ दिए गए, तो भी हवालात और पुलिस को चौथ बकोट में रुपए की जो धूरधानी हुई, उसी से उनको दंड मिल गया। जासूस अपनी मेहनत का इनाम पाकर एक और भयानक मुकदमे में लगाया गया।

□□□